Como un cuento de hadas

Emma Darcy

Bianca™

HARLEQUIN™

Editado por HARLEQUIN IBÉRICA, S.A.
Hermosilla, 21
28001 Madrid

I.S.B.N.: 978-84-671-6104-5
Depósito legal: B-5570-2008
Editor responsable: Luis Pugni
Preimpresión y fotomecánica: M.T. Color & Diseño, S.L.
C/. Colquide, 6 portal 2 - 3º H. 28230 Las Rozas (Madrid)
Impresión y encuadernación: LITOGRAFÍA ROSÉS, S.A.
C/. Energía, 11. 08850 Gavá (Barcelona)
Fecha impresion para Argentina: 29.9.08
Distribuidor exclusivo para España: LOGISTA
Distribuidor para México: CODIPLYRSA
Distribuidores para Argentina: interior, BERTRAN, S.A.C. Vélez
Sársfield, 1950. Cap. Fed./ Buenos Aires y Gran Buenos Aires,
VACCARO SÁNCHEZ y Cía, S.A.
Distribuidor para Chile: DISTRIBUIDORA ALFA, S.A.

Capítulo 1

PETER Ramsey observó cómo una mujer con una señal de stop se cruzaba en mitad del paso de peatones y le indicaba que se detuviera. Una tribu de niños de preescolar, todos ellos con fiambreras y al cuidado de dos adultos, aguardaban en fila india en la acera para poder cruzar con seguridad al parque situado al otro lado de la calle.

«Bonito día para hacer un picnic», pensó Peter sonriendo a los niños.

−¡Precioso coche!

El comentario de la mujer hizo que fijara de nuevo su atención en ella. Tenía una sonrisa contagiosa y una brillante mirada. Le pareció que disfrutaba de su momento de poder al pensar: «Todo un hombretón en su deportivo BMW Z4 obligado a parar por un puñado de niños». Peter le devolvió la mueca diciendo para sí: «No me importa en absoluto, muñeca».

La mujer se apartó a un lado para que cruzara el grupo de escolares y, en ese momento, Peter sintió una punzada de interés por ella; le gustaba. Sus vaqueros se ajustaban en torno a un redondo trasero y unas largas piernas. Era bastante alta y la ceñida camiseta que llevaba dejaba adivinar una delgada cintura y unos sugerentes pechos, abundantes, pero proporcionados con el resto de su cuerpo. Era un auténtico bombón.

Le agradaba incluso el hecho de que llevara el pelo recogido en una cola de caballo; tenía el cabello oscuro, casi negro, y la coleta se balanceaba con cada movimiento de su cabeza al asegurarse de que los niños cruzaban la calle sin peligro. Su nariz también era coqueta, ligeramente respingona, y las orejas parecían de duendecillo, sin lóbulos. Lucía una piel clara y saludable; no se advertía rastro de maquillaje excepto por el ligero tono de pintalabios rosa que hacía juego con el color de su camiseta. Su belleza era natural, sin artificios, y su edad era difícil de adivinar, quizá rondaba los veintitantos.

El último niño del grupo asió su mano como si de un premio se tratara, decidido a llevársela consigo. «Yo haría lo mismo, chaval», pensó Peter observando cómo la miraba con admiración; imaginó que era una de las profesoras de la escuela encargada de controlar el tráfico.

Ella se volvió para mirar de nuevo a Peter, dirigiéndole una sonrisa arrebatadora mientras le agradecía su paciencia agitando la señal. Él le hizo un gesto con la mano, sonriendo, mientras sentía una oleada de placer por todo su cuerpo. Observó como acompañaba al niño al otro lado de la calle y sintió que deseaba seguirla y conocerla mejor.

En ese momento, el coche de atrás tocó el claxon.

Avanzó con el coche de mala gana, pensando que el impulso que acababa de sentir era ridículo. ¿Qué podía tener en común con una maestra de escuela? Le vino a la mente que la princesa Diana había trabajado como profesora antes de casarse con el príncipe Carlos. Tal vez su matrimonio no hubiera funcionado, pero ella se había convertido en la Reina de Corazones porque se había acercado al pueblo, había logrado su cariño.

¿Qué mujer había dejado huella en él en los últimos años? Peter Ramsey, un cotizado soltero de Sidney, heredero de una gran fortuna, sabía perfectamente por qué tenía tantas bellas admiradoras. Eso estaba bien en lo que al sexo se refería, pero nunca había sentido algo lo bastante profundo por nadie como para comprometerse más allá de la atracción inicial. Quizá fuera culpa suya, quizá se hubiera vuelto demasiado cínico pensando que el matrimonio no estaba hecho para él.

Incluso la chica de la cola de caballo... ¿se habría debido su simpatía al coche que conducía? Sonrió abiertamente.

Aún seguía sintiendo interés por ella.

«Mírala otra vez», pensó para sí. «Tienes tiempo. Y ganas».

Después de las engañosas artimañas de su última ex novia, Alicia Hemmings, sería emocionante y alentador estar con una mujer sin artificios; especialmente, en la cama. Ella no parecía ser de las que utilizaban malas artes para seducir, al menos eso parecía decir su encantadora sonrisa.

Aun burlándose mentalmente de lo que probablemente era pura fantasía, Peter giró en la siguiente calle y aparcó. Sólo con pulsar un botón, desplegó la capota del coche. Como prefería que la mujer no lo identificase con el conductor del BMW, se quitó la gorra, las gafas de sol, la chaqueta y la corbata, se desabrochó los botones de arriba de la camisa y se subió las mangas; a continuación, encaminó sus pasos hacia el parque.

Posiblemente alguien podría reconocerlo debido a su constante presencia en los medios de comunicación, pero ¿quién lo identificaría en un lugar como aquél? Por otra parte, le importaba poco. La mujer estaría rodeada de niños, una situación poco propicia para conocerla, pero aunque el impulso que sentía era ridículo, su curiosidad era irresistible. Ella era diferente al tipo de mujeres que habitualmente le rodeaban.

Compró un par de sándwiches y un refresco en una tienda que encontró por el camino pensando que aquello le proporcionaba la excusa perfecta para encontrarse con ella en el parque. De hecho, estaba disfrutando de la novedad, de fingir ser una persona cualquiera y no alguien famoso. La verdad era que aquel estímulo que sentía era divertido.

Los niños estaban sentados en el césped, cobijándose del sol del mediodía bajo las ramas de un árbol. Todos miraban embelesados a la chica de la coleta, quien parecía estar contándoles una historia. Peter se acomodó en un banco cercano desde donde podía observarla y escucharla sin ser visto.

Su rostro parecía animado y agradable, al igual que su voz. Recitaba los versos de un cuento de hadas con tono cantarín; se trataba de una historia sobre una princesa con una mágica sonrisa de arco iris y un corazón de oro que había llegado de la tierra de «Siempre Jamás» para llevar alegría a todos los niños.

El típico taimado villano de todos los cuentos, un artero joven que siempre vestía de negro y que en realidad era una rata, se las arregló para destruir cualquier muestra de felicidad y difundió mentiras sobre la princesa haciéndola desaparecer de la vida de los niños. Pero uno de ellos no creyó las mentiras de la rata y gritó con un poderoso rugido de león, haciendo volver a la princesa de la tierra de «Siempre Jamás» y desenmascarando a la rata como el malvado embustero que era.

Era uno de esos cuentos en los que el bien triunfaba sobre el mal, pero Peter se sintió totalmente cautivado por los versos rimados y la perfecta entonación con la que los recitaba la joven.

Los escolares escuchaban ávidamente cada una de las palabras y las repetían al mismo tiempo que la narradora, como si se supieran de memoria la historia, especialmente la escena del rugido del león. Era un cuento muy atractivo para los niños y, sin duda, pertenecía a un popular libro infantil. Peter decidió buscarlo y regalárselo a su sobrino.

Cuando se terminó el cuento, los niños aplaudieron y se levantaron de un salto para formar un corro; se produjo un pequeño conflicto porque todos querían darle la mano a la profesora cuentacuentos. Otra de las mujeres del grupo aconsejó secamente:

—Deberías ser la princesa y ponerte en el centro, Erin.

«Erin». Bonito nombre.

Y además se le daban muy bien los niños, quienes claramente la adoraban.

Empezaba a sentirse muy atraído por aquella mujer y no sólo en un plano físico, a pesar de que su atractivo aumentaba por momentos. La imaginaba contándole cuentos en la cama... cuentos eróticos... como hacía Sherezade, manteniendo extasiado al sultán con sus historias, haciendo que cada noche fuera inolvidable.

Eso le gustaría mucho.

¿Y cómo podría conocer a la princesa Erin?

Quizás estaba casada o comprometida con un hombre del que estaría enamorada. Aquello no le importaba y olvidó esa posibilidad para concentrarse en la táctica que seguiría para conseguir lo que deseaba.

Aquello no sería tan fácil como lo había sido para su amigo y ahora cuñado Damian Wynter, al que había bastado una sola mirada a la hermana de Peter para decidirse a cortejar y pedirla en matrimonio, adelantándose al cazador de fortunas que casi se casa con ella.

Recordaba haberle preguntado a Damian cómo supo que Charlotte era la mujer de su vida. Peter aún tenía grabada la respuesta en su mente: «Sientes algo que te dice que no debes perderte lo que puedes sentir por esta mujer. Es lo que siempre has estado buscando».

¿Acaso su instinto quería decirle que Erin podía ser ella? Sus experiencias pasadas le advertían que iba muy rápido. Estaba lo bastante cautivado como para saber que no deseaba alejarse de ella, cerrar las puertas a algo realmente maravilloso, algo mejor de lo que había sentido hasta entonces. Daba igual que fuera improbable...

–¡Eh!

Una de las profesoras gritó alarmada cuando un hombre se introdujo en el círculo formado por los niños y asió a uno de ellos, tomándolo en brazos y sosteniéndolo con fuerza.

–¡Es mi hijo! –espetó a las mujeres que se le enfrentaban.

Pareció un rugido animal, fieramente posesivo, y el hombre comenzó a alejarse de espaldas con una mirada salvaje y reteniendo al niño contra su pecho.

Las mujeres comenzaron a discutir con él y los niños, asustados, se echaron a llorar.

Peter saltó de su asiento y, oyendo fragmentos de la discusión, rodeó el árbol hasta situarse detrás del secuestrador.

–Soy su padre. Tengo todo el derecho del mundo a llevarme a Thomas.

–Somos responsables del niño, señor Harper. Su madre lo ha dejado a nuestro cargo para pasar el día y...

–¡Su madre me lo quitó! ¡Es mi hijo!

–Debería solucionar el problema con su esposa.

–Ella nunca me va a permitir ver al niño y sin embargo lo deja con gente como vosotras, que no tiene nada que ver con él. ¡Nada! ¡Y yo soy su padre!

–Si se lleva a Thomas, nos veremos obligadas a llamar a la policía.

–Señor Harper, piénselo bien, no es una buena idea. Si lo meten en la cárcel, no podrá ver a su hijo –intentó mediar Erin amablemente.

La carcajada enloquecida que emitió el hombre eliminó cualquier posibilidad de razonar con él.

–La justicia funciona con los demás. No he hecho nada malo, pero me han arrebatado a mi hijo y se lo han dado a la bruja de mi mujer.

–Debería plantear esto ante un tribunal –insistió Erin–. Habría un juicio justo.

–¡No hay justicia! –la ira dejó paso al llanto a medida que el dolor y la desesperación se adueñaban de él–. Mi mujer le ha contado un puñado de mentiras sobre mí a su flamante abogado. ¡No me queda más remedio que hacer esto! Podéis decirle a mi mujer que me importa un bledo que tenga un amante ricachón, pero no se quedará con mi hijo... ¡No!

Los sollozos del hombre eran estremecedores. Sacudía la cabeza mientras se alejaba de Erin dando tumbos.

–Voy a llamar a la policía –advirtió una de las otras profesoras con el móvil en la mano.

–¡No lo haga! –gritó Peter mientras avanzaba con rapidez y agarraba al hombre por los hombros, deteniéndolo y ayudándole a mantenerse en pie.

Erin le miró asombrada y preguntó:

–¿Quién es usted?

Ella tenía los ojos verdes.

Unos preciosos ojos verdes.

Y Peter sintió la necesidad de contestar cualquier pregunta que deseara hacerle. Excepto si le preguntaba por su nombre, ya que no deseaba que ella conociera su fama.

–Sólo soy una persona a la que no le gusta ver llorar a otro hombre –dijo. Y, a continuación, dirigió una mirada autoritaria a la profesora que sostenía el teléfono:

–Deje eso. Yo me encargaré de solucionarlo. Llamar a la policía sólo empeoraría las cosas.

—Estos niños están a mi cargo —protestó la mujer. Era bastante mayor que Erin, quizá rondaba los cincuenta, llevaba el pelo gris corto, era más bien rellenita y hablaba con autosuficiencia—. Debo responder ante la señora Harper sobre lo que le ocurra a su hijo.

—No le va a pasar nada al niño —le aseguró Peter—. El señor Harper tan sólo desea compartir unos minutos con su hijo. Creo que es justo, ¿no?

—Debe devolverlo inmediatamente —insistió la mujer.

—Sí. Y puedo garantizarle que así lo va a hacer. Me hago responsable de ello, ¿de acuerdo?

El hombre al que estaba sujetando se encontraba demasiado afectado como para pelear con Peter y, aunque lo hubiera hecho, no habría tenido la menor oportunidad de vencerlo.

La mujer se fijó en la estatura de Peter, más de uno ochenta, con anchos y musculosos hombros y una robusta complexión, lo que lo convertía en un poderoso oponente en cualquier pelea. Harper era un hombre relativamente bajo, apenas llegaba a la barbilla de Peter y, en comparación, salía perdiendo. Si tenía lugar una pelea, estaba claro quién terminaría controlando la situación.

—Oblíguele a que nos devuelva ahora mismo al niño —exigió la mujer.

En ese momento, el niño habló:

—Quiero estar con mi papá. Le quiero mucho

–rodeó el cuello de su padre con sus bracitos y se acurrucó contra él–. No llores, papi, no me gusta que llores.

Apartar al niño de su padre habría sido traumático. Existían otras formas menos brutales de solucionar aquella situación.

–Vamos a calmarnos un poco –sugirió Peter a la mujer, intentando encender una chispa de compasión en ella–. Voy a acercarme con el señor Harper a ese banco... –señaló el lugar donde había estado sentado un rato antes–. Puede sentarse allí con Thomas mientras ustedes vigilan a los demás niños.

–Ahora todos están disgustados –protestó–. Deberíamos volver a la guardería y tranquilizarlos.

Peter dirigió su atención hacia Erin, a quien encontró mirándole fijamente, con una llama de curiosidad iluminando sus encantadores ojos verdes. El deseo se adueñó rápidamente de él. Al sentirla tan cerca se disipó cualquier posible duda del interés que sentía por aquella mujer. La adrenalina corría por sus venas y sintió un cosquilleo en la ingle. La deseaba y estaba resuelto a conseguirla.

–Cuénteles otro cuento –le sugirió, sonriendo para mantener aquella conexión entre ellos–. Lo hace muy bien. La he estado escuchando mientras tomaba mi almuerzo y estoy convencido de que puede hacer que los niños olviden todo esto.

Ella le devolvió una sonrisa:

–Gracias. Creo que es buena idea.

–Erin –le reprendió la otra mujer, obviamente preocupada por perder el control de la situación.

–No te preocupes, Sarah –contestó confiada, sin dar pie a más protestas.

«No lleva anillo de casada».

–Además, si las cosas se tuercen siempre puedes llamar a la policía –añadió para calmar los ánimos de su compañera.

Peter experimentó una triunfante sensación de placer. Erin estaba de su parte. Desconocía la razón: quizá era porque sentía lástima de la situación del padre o porque él había aparecido en la escena y lo había reconocido. Pero el hecho era que había dado un gran paso en sus propósitos hacia ella y debía aprovecharlo.

Erin volvió a hablarle para pedir su colaboración:

–Debemos recoger a Thomas cuando volvamos a la guardería.

–Entendido. Es conveniente que venga usted a por el niño –continuó él–. Seguro que Thomas prefiere que sea la princesa quien lo separe de su padre en lugar de cualquier otra persona.

El pálido rostro de la muchacha se sonrojó repentinamente. Peter no recordaba que ninguna mujer de las que conocía se hubiera sonrojado nunca. Pensó que era una reacción encantadora.

–Muy bien –repuso ella rápidamente y después se alejó para reunir a los niños de nuevo.

Sarah miró desaprobadoramente a Peter, pero

se volvió para ocuparse de los niños, sintiendo que no tenía más argumentos para seguir discutiendo, pero desconfiando aún de aquel extraño. Sin embargo, el hecho de llamar a la policía y tener que meterse en líos legales tampoco era una idea que le atrajera demasiado.

Tras conseguir acordar un segundo encuentro con Erin y lograr ganar un poco más de tiempo para que el infeliz padre y su hijo estuvieran juntos, Peter llevó al señor Harper hasta el banco que había convenido con las profesoras, intentando animarle mientras charlaba con él:

—Sé que esto es muy duro, amigo, pero hágame caso y veremos si podemos solucionar el problema.

Harper no tenía ánimo para luchar. Peter tuvo la impresión de que estaba al límite de sus fuerzas. Casi se dejó caer sobre el banco y empezó a mecer a su hijito con una especie de amor desesperado, sin esperanza alguna en el futuro. Cuando recuperó el habla, miró a Peter angustiado y le dijo:

—Mi mujer le ha contado a su abogado que soy un maltratador y es mentira, eso es mentira...

Peter le creyó. Lejos de sentir temor por su padre, Thomas se aferraba a él como si le echara de menos tanto como su padre a él. Obviamente, ambos se querían mucho.

—Un buen abogado sería la solución —le aconsejó.

—No puedo permitírmelo. He perdido mi trabajo. No podía trabajar como era debido...

–¿A qué se dedica?

–Soy vendedor.

–Muy bien. ¿Qué me diría si le ofrezco un nuevo puesto de trabajo, le pongo en contacto con un abogado experto en derecho de familia y le aseguro que dará con la solución a su problema...?

–¿Por qué haría todo eso por mí? –en sus ojos se adivinaba una mezcla de incertidumbre y desconfianza–. Ni siquiera me conoce.

Peter pensó unos momentos qué era lo que le impulsaba a hacer todo aquello. ¿Sería porque pensaba que ningún padre debería ser obligado a separarse de su hijo? ¿Porque odiaba ver cómo un hombre era destruido por una mujer que le había robado todo? ¿Por la injusticia que implicaba todo aquello?

¿O era porque aquel día actuaba por impulsos?

Erin.

Al preocuparse por lograr el bienestar de Thomas, tendría la oportunidad de acercarse al lugar de trabajo de la muchacha, lo cual sería un punto de partida para avanzar en sus planes. Harper lo ignoraba, pero representaba una oportunidad caída del cielo para que él conociera a la mujer que deseaba.

Peter contestó:

–Porque puedo hacerlo. Y quiero ayudarle, Harper. Deseo que Thomas tenga la posibilidad de estar con su padre, es importante para él.

Harper negó escéptico con la cabeza:

–Promete demasiadas cosas.

–Confíe en mí. Puedo mantener mis promesas.

Harper le dirigió una mirada perspicaz, estaba deseoso de creer a su interlocutor, esperaba que sucediera un milagro... y entonces preguntó:

–¿Quién es usted?

Lo mismo que Erin le había preguntado.

Peter era consciente de que esa vez debía contestar, ya que su respuesta le daría credibilidad instantáneamente. Sacó su cartera del bolsillo de atrás del pantalón, la abrió y le enseñó el carné de conducir.

–Peter Ramsey.

Harper leyó el nombre en voz alta. La sorpresa que le produjo ver el nombre del famosísimo millonario le asaltó al instante. Abrió los ojos de par en par ante el rostro que había visto en todos los medios de comunicación durante años, con las mandíbulas cuadradas, el cabello rubio oscuro, los ojos azules, la robusta nariz, los prominentes pómulos, unas cuantas pecas fruto de años de infancia bronceándose al sol... lo reconoció inmediatamente. Entonces, preguntó:

–¿Qué está haciendo aquí?

Solo, en aquel parque público, sin el séquito que habitualmente lo rodeaba... Peter olvidó todo aquello y contestó:

–Intentar hacer algo nuevo en mi vida.

–Una casualidad asombrosa –murmuró Harper aturdido.

Esto hizo que Peter sonriera irónicamente:

—Puede que la suerte le haya sonreído por una vez.

—¿De veras me ayudará? ¿Hará lo que acaba de prometerme?

—Sí, lo haré. Cuando Thomas vuelva a la guardería, puede acompañarme y veremos cómo solucionar sus problemas. Pero antes de eso, ¿no le gustaría charlar un rato con su hijo, preguntarle cómo está desde que le separaron de usted?

Harper le tendió la mano:

—Le agradezco mucho todo esto, señor Ramsey.

—No es nada —le aseguró Peter, estrechándosela.

—Me llamo Dave Harper.

—Encantado de conocerle, Dave.

Se sintió bien cuando oyó al hombre asegurarle al niño que su papá ya estaba bien y que pronto podrían estar juntos de nuevo.

Mientras tanto, Erin empleaba su mágica habilidad con los niños relatándoles otro cuento de hadas. Ninguno de ellos le quitaba ojo. Peter pensó: «Problema solucionado».

Sin embargo, la otra profesora, Sarah, se sentiría obligada a contarle lo que había sucedido a la madre de Thomas tan pronto como acudiera a recoger al niño aquella tarde. Aquello podría perjudicar a Dave. Aunque el secuestro había podido evitarse, podrían utilizar aquel incidente en su contra. Era conveniente eliminar aquella posibilidad antes de que se hiciera realidad.

Además, aquello le daría más oportunidades de conocer a Erin.

Era necesario que Peter diera a conocer su famosa identidad para contrarrestar las objeciones de Sarah, pero entonces Erin sabría quién era realmente. Caviló sobre si realmente era necesario revelar quién era, sabiendo que eso seguramente propiciaría que ella deseara conocerle.

Siempre ocurría lo mismo.

Pero no le importaba.

El deseo que sentía por conocerla era más fuerte que cualquier otra cosa.

Capítulo 2

UNA parte de Erin seguía pensando en aquel hombre mientras se dedicaba, tal como le había sugerido, a distraer a los niños contándoles otro cuento.

«Un gran hombre en todos los sentidos», pensó. Fuerte, compasivo, enérgico, y con un espectacular físico que le transmitía una masculinidad turbadora. Un príncipe azul... «y cómo me gustaría ser su princesa», pensó algo trastornada.

Cuando lo había observado paseando por el parque antes de aquel incidente, le había agradado al instante. Después, cuando lo había visto sentarse en el banco desde donde podía escuchar fácilmente la historia que estaba contando a los niños, no había podido resistirse al impulso de lucirse ante él, de contar el relato con mucha más vitalidad de lo habitual. Por supuesto, todo aquello era una bobada; él era un completo extraño y no había ninguna posibilidad de que se conocieran, teniendo en cuenta que ella se hallaba rodeada de niños.

Entonces, tuvo lugar aquella sorprendente situación cuando el padre de Thomas estaba a punto de cometer un terrible error. Por lo general, la gente no se entrometía en los problemas que no les concernían. Y, sin embargo, él lo había hecho, tomando las riendas de lo que era una situación delicada y resolviendo admirablemente el problema en un tiempo récord.

Incluso había dejado desconcertada a Sarah con su aire dominante; Erin nunca había visto a su tía dejarse ganar en autoridad. Sin embargo, se alegraba de que hubiera ocurrido, por una vez. Obviamente, el padre de Thomas necesitaba ayuda y no una temporada en la cárcel, lo que habría terminado con seguridad con cualquier esperanza de conseguir un régimen de visitas para su hijo y él. Erin sentía compasión por él, lamentaba que su mujer le hubiera abandonado por otro hombre más rico y se hubiera llevado a su hijo... Su situación no era nada fácil.

Tan pronto como Erin terminó de contar el cuento, Sarah apremió a los niños para que tomaran sus fiambreras y formaran una fila de dos en dos para volver a la guardería. Erin se dirigió a buscar a Thomas y Sarah le dio instrucciones claras:

—No dejes que ese hombre te entretenga. La madre del niño podría demandarnos por negligencia.

—Estoy segura de que no se negará a cumplir lo que acordamos –replicó Erin confiadamente.

—¿No te enseñó tu madre que no hay que fiarse de un extraño? –refunfuñó Sarah.

«Por sus acciones los conocerás», dijo Erin para sus adentros mientras caminaba. Pensó que el hombre debía de ser una buena persona; de hecho, con su estatura, su robusta complexión y la mata de cabello rubio, era el vivo retrato de un espléndido guerrero vikingo, blandiendo su poderosa espada para resolver cualquier conflicto. Ya le imaginaba como el héroe de su siguiente cuento.

El hombre se levantó cuando la vio acercarse. El señor Harper permaneció sentado en el banco, hablando ansiosamente a Thomas que, sentado en su regazo, aprovechaba cada segundo con su padre.

Erin notó cómo se le aceleraba el pulso al cruzar su mirada con la del desconocido. Su mirada ejercía un sorprendente efecto sobre ella, traspasando su corazón como si se tratara de un láser.

Su piel se estremeció como si una corriente eléctrica recorriera todo su cuerpo. Había conocido a muchos hombres durante su ajetreada vida, pero ninguno había ejercido tal efecto en ella. Deseaba decirle: «No salgas de mi vida», pero una frase así habría parecido atrevida.

—Es hora de marcharse —dijo, sintiendo rabia al pronunciar esta frase en lugar de lo que pensaba.

—Está bien —contestó el hombre—. Te llamas Erin, ¿verdad?

—Sí —contestó dubitativa, preguntándose si él

reconocería su nombre de famosa escritora y todo lo que ello significaba, y si sería suficiente como para despertar su interés por ella. Tímidamente, añadió:

–Erin Lavelle.

–Lavelle –repitió él, alargando la palabra como si la saboreara.

Sin embargo, Erin no notó que su apellido hubiera ejercido ningún impacto sobre él. Probablemente, estaba ante un hombre de acción más que alguien aficionado a los libros. Quizá no pertenecieran al mismo mundo, sino que simplemente habían coincidido en aquel parque un día soleado cualquiera.

Él sonrió mostrando una espectacular sonrisa que le recordó al conductor del BMW, pero no podía tratarse de la misma persona... ¿o sí?

–¿Sarah es la directora de la guardería? –preguntó él.

–Sí, se llama Sarah Deering y es mi tía.

Erin no sabía por qué había dado esa información, era un dato irrelevante.

–Supongo que la señora Deering no dejará correr este asunto, sino que avisará a la madre de Thomas –aventuró él.

Erin negó con la cabeza:

–Creo que Sarah considera necesario cubrirse las espaldas en caso de que se repita la misma situación.

El hombre asintió y le entregó una tarjeta:

–Dígale a su tía que me aseguraré personalmente de que se solucione el tema de la custodia del niño. Puede que le quiera comunicar eso también a la madre de Thomas –los ojos azules se endurecieron.

Por alguna razón, daba por hecho que hablaba desde una posición de poder. De hecho, lo transmitía con tanta fuerza que Erin sintió un escalofrío de inquietud al mirar el nombre de la tarjeta.

Peter Ramsey.

No le decía nada.

Entonces le miró desconcertada:

–¿Quién es usted? ¿Por qué piensa que es tan importante?

Al principio, Peter se asombró de la ignorancia de la muchacha, pero después comentó divertido:

–Erin, enséñele la tarjeta a su tía. Créame, mi nombre ejerce influencia sobre la gente.

Ella suspiró:

–Supongo que yo estoy totalmente fuera de onda.

–Eso me parece encantador. ¿Puedo pedirle un favor? –preguntó él.

–¿De qué se trata? –se ofreció ella, sorprendida al darse cuenta de que parecía gustarle.

–Mi número de teléfono está en la tarjeta. Llámeme después de que la señora Harper se haya ido de la guardería esta tarde.

Una oleada de emoción recorrió todo su cuerpo: la comunicación entre ellos no se iba a terminar ahí.

–¿Quiere saber cómo va todo? –preguntó.

–Me gustaría conocer su impresión sobre la reacción de la madre cuando sepa lo que ha pasado –respondió con una mueca–. Cuando una pareja se divorcia, la verdad se ve perjudicada y no siempre se tienen en cuenta los intereses de los hijos.

–Tiene razón –dijo con conocimiento de causa, ya que sus padres se habían divorciado cuando era niña.

–Entonces, ¿me llamará? –insistió él.

–Lo haré –prometió la muchacha despreocupadamente, sin pararse a pensar si era lo correcto o no. Esa llamada podría dar pie a un nuevo encuentro con él.

–¡Estupendo!

Satisfecho, se volvió hacia el padre y el hijo:

–Ahora Thomas debe marcharse con Erin, Dave.

No hubo ninguna objeción al respecto.

–Siento la escena de antes –se disculpó Harper mientras entregaba el niño a Erin.

–Espero que en el futuro puedan pasar más tiempo juntos, señor Harper –respondió Erin con sinceridad; a continuación, se alejó con el niño cuando vio que Sarah la esperaba impaciente junto a los demás alumnos.

A medida que caminaba, Erin sentía como si él la estuviera observando, evaluando cada parte de su cuerpo. Notó que las rodillas le flaqueaban. No miró atrás, obligándose a conservar algo de dignidad y no parecer una adolescente ante un ídolo del pop. Llevaba su tarjeta en la mano y eso le garantizaba que seguirían en contacto.

Cuando estuvieron de vuelta en la guardería, Erin ayudó a preparar a los niños para la siesta. En principio, después de aquello se iría, ya que habría cumplido el favor prometido a su tía de pasar un día con los niños y contarles alguna historia: una jornada con la gran autora Erin Lavelle daba mucho prestigio a la escuela. Sin embargo, el encuentro con aquel hombre tan misterioso en el parque la animó a cambiar de planes.

Después de tomar la precaución de copiar los datos más importantes de la tarjeta de Peter Ramsey en la libreta que siempre llevaba consigo, Erin se encaminó al despacho de Dirección para mantener una conversación privada con su tía; ésta se encontraba sentada ante una taza de café. Parecía necesitar una buena dosis de cafeína para recomponer sus nervios.

–Esta situación podría haber sido realmente desagradable –dijo Sarah con expresión de cansancio–. Gracias por ayudar, Erin. No sé si yo podría haberlo solucionado –terminó esta frase con un suspiro mientras sacudía la cabeza pensando en el incidente que acababan de presenciar–. Los niños podrían haberse puesto muy nerviosos.

–Hemos tenido suerte de que Peter Ramsey estuviera allí –repuso Erin de inmediato.

Aquel nombre interrumpió los pensamientos

de Sarah. Una sombra de alarma se reflejó en sus ojos y preguntó:

–¿Quién? ¿Qué nombre acabas de decir?

–El hombre que intervino; se llama Peter Ramsey. Me dio su tarjeta –se la entregó a su tía acercándose mientras le explicaba lo que habían acordado–. Me dijo que mencionaras su nombre a la señora Harper si se pone furiosa por lo que hizo su marido.

Sarah tomó la tarjeta y la miró sin poder creer lo que veía.

Erin continuó transmitiéndole el mensaje de Peter Ramsey:

–También me dio su palabra de que el señor Harper conseguiría un abogado para solucionar el tema de la custodia del niño, así que no debe preocuparnos que vuelva a hacer lo mismo de hoy.

–Peter Ramsey –pronunció su tía casi sin respiración. Miró a Erin con los ojos desorbitados y añadió–. Debería haberlo reconocido, pero ¿qué demonios estaba haciendo en el parque?

Entonces Erin formuló la pregunta clave:

–¿Por qué deberías haberlo reconocido?

–Por ser quien es, por supuesto –replicó su tía impaciente y vio la expresión confundida de su sobrina–. No me digas que nunca has oído hablar de él. Se trata del hijo y heredero de Lloyd Ramsey.

Aquella sorprendente revelación fue como un cubo de agua fría para las fantasías que había construido Erin en su cabeza.

–¿Te refieres al multimillonario Lloyd Ramsey?

–El mismo.

Podía decirse que Lloyd Ramsey era una leyenda en Australia, protagonista durante muchos años de las portadas de los periódicos; hasta Erin, que había vivido volcada en los libros, conocía el poder de aquel hombre y cómo había amasado su fortuna. Había sido apodado «el tiburón» porque tenía un excelente olfato para los grandes negocios. De la reacción de Sarah dedujo que su hijo también se había forjado una fama parecida en Australia en los últimos tiempos.

Erin se dio cuenta de que ambos habitaban dos mundos completamente distintos. Entonces, le preguntó a su tía:

–Peter Ramsey también es un as de los negocios, ¿verdad?

–Sobre todo en el ámbito internacional.

Aquella respuesta la hundió aún más. Su tía continuó:

–Sus negocios tienen que ver con la alta tecnología. No estoy muy al día en esas cosas, pero siempre sale en las revistas junto a otros famosos. Cada vez que cambia de novia, es una primicia.

Erin sintió un vuelco en el estómago y preguntó temerosa:

–¿Quieres decir que es un playboy?

De repente recordó al hombre del BMW. ¿Sería él la misma persona?

Su tía se encogió de hombros y respondió:

–Bueno, supongo que es un soltero de oro. Probablemente, no le dedica mucho tiempo a sus relaciones. Ahora con una, luego con otra. Si lo piensas, un hombre de su posición puede conseguir a la mujer que quiera cuando desee.

Y, probablemente, así era.

Toda la emoción que había sentido Erin y la posibilidad de que Peter Ramsey fuera su príncipe azul se esfumaron.

Sin embargo, él había actuado como un caballero al rescate en el parque y ella había sentido una gran conexión con ese hombre. Por otra parte, la compasión que compartían por la situación del señor Harper podría haber tenido algo que ver con aquel sentimiento además de, por supuesto, la atracción que sentía por su gran sex-appeal.

–¿Por qué crees que intervino? –preguntó Erin, deseando que su tía le diera alguna idea.

Sarah se encogió de hombros y contestó:

–¿Por qué estaba en el parque? Quizá haya alguna relación entre los dos.

–¿Qué quieres decir?

–Tiene que existir algo que haya desencadenado todo esto –se detuvo un momento para pensar en lo que había sucedido–. Puede que oyera al señor Harper gritar que su mujer le había destrozado la vida y tocó su fibra sensible.

–¿Sabes si alguna mujer le ha hecho daño?

–No –Sarah se recostó en su silla, mostrando

una sonrisita algo cínica –. Pero eso es normal teniendo en cuenta la fortuna que tiene. Recuerda lo que ocurrió con su hermana.

Erin replicó moviendo la cabeza de lado a lado:

–No sé nada sobre su hermana.

Sarah la miró sorprendida:

–Todos los medios de comunicación se hicieron eco de esa noticia. Fue una gran primicia.

–¿Cuándo?

–Pues... –hizo un gesto con la mano como intentando hacerse una idea del tiempo que había pasado– puede que hace unos tres años.

Erin hizo memoria y contestó:

–Por aquel entonces, yo estaba de viaje por Asia.

–Siempre por ahí –recalcó Sarah con tono de exasperación, pensando en la ajetreada vida de su sobrina–. Deberías pasar más tiempo en casa, Erin.

Un pensamiento pasó instantáneamente por la mente de Erin: «¿Qué casa?». Su madre se había vuelto a casar y había creado un nuevo hogar con su segundo marido en el que no había espacio para ella. En cuanto a su padre... sería raro si encontraba un momento para verla. La casa que ella había comprado en Byron Bay era el lugar donde escribía, pero siempre se sentía sola allí, no como en un verdadero hogar.

Entonces dijo en voz alta:

–¿Qué pasó con la hermana de Peter Ramsey?

–¡Fue un escándalo! –contestó su tía entusiasmada–. Charlotte Ramsey estaba a punto de casarse y, antes de la boda, el novio se negó a firmar el acuerdo prenupcial que había preparado su padre. Entonces, se casó con Damian Wynter, el famoso millonario británico. Su anterior novio la llevó a juicio por la propiedad del piso que compartían, que era de ella, claro; ella firmó un acuerdo y se lo cedió. La cuestión es...

–Que él la quería por su fortuna.

Sarah tamborileó con los dedos en la mesa mientras cavilaba:

–Él iba a romperle el corazón.

–Y Charlotte no tuvo ese problema con Damian Wynter –concluyó Erin–. Debe de ser muy triste darte cuenta de que alguien se ha casado contigo por tu dinero. Me pregunto si ella es feliz con su marido millonario.

–Erin, puede que escribas finales felices para tus historias, pero nada puede garantizar que vaya a pasar lo mismo en la vida real –sentenció su tía secamente.

–Es cierto, pero, por alguna razón, Peter Ramsey parece empeñado en escribir un final más feliz para Thomas y su padre –dijo Erin alzando las cejas–. ¿Te importa si me quedo a ver cómo reacciona la señora Harper cuando le cuentes lo que ha pasado?

Esta pregunta provocó una mirada curiosa de su tía:

–¿Por qué estás tan interesada?

–Quiero ver cómo reacciona cuando oiga su nombre –contestó Erin despreocupadamente.

–La madre de Thomas no viene a buscarlo hasta las cinco.

–No importa. Daré un paseo mientras tanto.

–Bueno... –Sarah sopesó la respuesta–. Puede que sea conveniente que haya testigos.

–Claro –afirmó Erin, levantándose y despidiéndose con la mano antes de que su tía pensara más sobre el asunto–. Hasta luego.

No caminó hasta muy lejos. Sus pies la llevaron automáticamente de vuelta al banco que había ocupado Peter Ramsey en el parque. Se sentó justo donde había estado, pensando en él sin cesar. No había actuado como un playboy, parecía serio y de verdad preocupado. Aunque debía reconocer que la preocupación se había centrado en Thomas y su padre, víctimas de la misma mujer. Tal vez su actitud hacia las mujeres perteneciera a una categoría diferente. ¿Qué experiencias habría tenido aquel hombre que intervino a favor del padre y su hijo? Erin era consciente de que no podría evitar querer saber más de Peter Ramsey. Le había prometido que le daría noticias de la madre de Thomas y lo haría.

Ardía en deseos de estar con él.

¿Cuántos hombres en su vida habían producido aquel efecto en ella? Ninguno.

«No dejes pasar la ocasión», se dijo.

Si realmente se le brindaba la oportunidad...

Capítulo 3

PETER Ramsey.
Su voz transmitía una gran seguridad, como exigiendo una pronta y eficaz respuesta de su interlocutor.

Erin respiró hondo para tratar de calmar su desbocado corazón. «¡Vamos, háblale!», se dijo a sí misma. «¡Sólo tienes esta oportunidad!».

–¡Hola! Soy Erin Lavelle –las palabras salieron de su boca a trompicones. Probablemente él estaría notando el ansia con la que hablaba.

–Tiene usted una voz inconfundible –dijo él, y sonó como si sonriera mientras hablaba.

La mente de Erin comenzó a albergar una maravillosa esperanza.

–Usted me pidió que llamara –le recordó.

–Lo ha hecho más tarde de lo que pensaba, creía que no llamaría nunca. Me alegro de escucharla.

Definitivamente, parecía que se alegraba de hablar con ella. Se alegraba mucho. Una enorme sonrisa se dibujó en el rostro de Erin.

–La señora Harper no llegó hasta las cinco; se acaba de ir.

−¡Ah! −contestó él, aparentemente satisfe-
cho−. Seguro que tiene muchas cosas que contarme y yo estoy deseando oírlas. ¿Le gustaría
cenar conmigo, Erin? He estado con el señor
Harper casi toda la tarde, le he puesto en contacto con un buen abogado para que lleve su caso.
Necesito conocer su opinión sobre su mujer.

−Cenar... −repitió ella como en un sueño. La
invitación la pilló totalmente desprevenida.

−A pesar de lo que le hayan podido contar sobre mí desde que nos vimos en el parque, le prometo que no soy un ogro y que no me como a
nadie −le aseguró él, simpático.

−¡De acuerdo! −contestó ella, aunque la idea
de ser devorada por Peter Ramsey puso su corazón a mil−. ¿Dónde y cómo quedamos? −pre-
guntó, intentando sonar decidida aunque no ansiosa.

−Cuando le venga bien a usted, Erin.

La pelota estaba en su tejado.

¿Se trataría de una prueba para ver las ganas
que tenía de verlo?

¿Qué estaría esperando que eligiese?

Erin decidió rápidamente que lo mejor sería
quedar en su terreno, ya que el solo hecho de
volver a verle la ponía realmente nerviosa. La
idea de cenar en un restaurante lujoso acrecenta-
ría aún más su nerviosismo.

−¿Le parece bien algún sitio popular? −pre-
guntó, pensando que quizá él prefería ser reconocido en los lugares de moda.

–Me parece bien –respondió él.

–¿Le gusta la comida tailandesa?

–Sí.

Estaba siendo muy complaciente.

Cada vez más eufórica, Erin le dio la dirección de un restaurante:

–En Oxford Street, entre el final de Hyde Park y Taylor Square, hay un pequeño restaurante que se llama Titanic Thai. Podríamos quedar allí a las siete y media.

–¿Quiere que reserve una mesa?

–No, me pasaré por allí y lo haré yo.

–¿Vive cerca?

–Más o menos –contestó Erin vagamente, ya que no deseaba dar demasiada información por el momento–. ¿Nos vemos allí, entonces?

–A las siete y media, en Oxford Street, un pequeño restaurante tailandés llamado Titanic –dijo con tono divertido.

–Eso es –confirmó ella y se despidió, sintiéndose contenta consigo misma no sólo por aprovechar la oportunidad que él le había ofrecido, sino también por hacerse con las riendas de la situación.

Sus pies estaban deseando llevarla corriendo a la parada del autobús.

¡Lo había conseguido!

Peter hizo un gesto de triunfo con el puño.

Después, se rió de sí mismo al emocionarse tanto por quedar con una mujer cuya vida era tan distinta de la suya que probablemente no tendrían nada de lo que hablar excepto de la lamentable situación del señor Harper.

No obstante, aquel pequeño detalle no ensombrecía su deseo de conocer a Erin Lavelle. Se sentía capaz de creer en lo improbable desde que ella le había sonreído al cruzar el paso de peatones, y aquella noche daría otro paso para conseguirla.

Al saber quién era, ella podría haberle pedido que la llevara a un restaurante caro. A él no le habría importado, pero estaba encantado con su elección. Coincidía con todo lo que había rodeado hasta entonces su encuentro, una situación totalmente distinta a las que estaba acostumbrado.

−¡Titanic Thai, allá voy! −exclamó en voz alta, riendo al tiempo que subía las escaleras hacia el dormitorio de su apartamento de Bondi Beach. A continuación se daría una ducha, se afeitaría, se cambiaría de ropa, se encaminaría a Taylor Square, buscaría el restaurante,... ¡aquella noche iba a conseguir a la princesa con la mágica sonrisa de arco iris y el corazón de oro!

Erin era consciente de que lo más sensato era mostrarse natural con Peter Ramsey, que no pareciera que esperaba algo de él, aparecer vestida con vaqueros y fingir que no estaba deseando que él la encontrara atractiva. Sus vidas eran demasiado diferentes como para esperar cualquier relación seria entre ambos.

Por otra parte, nunca se había sentido tan cautivada por un hombre. Ojalá aquello llegara a ser algo más que una aventura...

La tentación la hizo sentirse más emocionada de lo que habría recomendado el sentido común y, al llegar al apartotel de Hyde Park en el que siempre se alojaba cuando estaba en Sidney, su estado de ánimo era excelente. Desde allí había una corta distancia hasta el pequeño restaurante tailandés donde cenaba a menudo.

Mientras se daba una ducha, se lavaba y secaba el cabello hasta conseguir que cayera en una sedosa cascada negra por sus hombros, su mente no dejó de girar en un torbellino de deseo por conseguir que pasara algo entre ambos. Abrió el armario y escogió un precioso vestido de tonos verdes y amarillos. Le encantaban las prendas de colores y le sentaban muy bien. Era bastante corto; de hecho, su editor en Londres, Richard Long, quien llevaba tiempo intentando convertir su relación profesional en algo más físico, lo definía como el vestido más sexy que había visto nunca.

Era un vestido con un gran escote en la espalda y, por tanto, debía llevarlo sin sujetador; el sugerente escote en pico mostraba un seductor panorama. Las curvas de su figura se destacaban más gracias al ancho cinturón de piel de la pren-

da, y la suave tela de vuelo formaba una vaporo-
sa y femenina falda. Si lo combinaba con unas
sandalias de tiras y ningún complemento más, el
conjunto no resultaría demasiado formal.

¿Y qué si utilizaba algún truquillo aquella noche?

Peter Ramsey había aparecido como por arte
de magia en su vida.

¿Por qué no emplear alguna brujería para despertar su interés, al menos el tiempo suficiente
para averiguar lo que sentía por ella?

Erin tenía treinta años y había perfeccionado
el papel de observadora de la vida, una transeún-
te que nunca se había sentido lo bastante querida
por nadie como para iniciar un compromiso.
Una relación duradera con Peter Ramsey parecía
fuera de los límites de toda lógica, pero quizá
algo breve... de repente, supo que merecía la
pena, dado que ningún otro hombre la había im-
pactado tanto hasta ese momento.

Mientras la camarera descorchaba una botella
de chardonnay y le servía una copa, Peter miró
el reloj: y veinticinco. En cinco minutos sabría si
Erin era puntual. Pensó que no había ninguna razón para que no lo fuera. El restaurante que había elegido era todo un acierto.

En la parte de delante, había una cocina a lo
largo de una pared con un banco corrido frente a
ella, para que los clientes que encargaban comi-

da para llevar pudieran sentarse a esperar sus pedidos. La parte de atrás tenía sólo dos filas de cinco mesas a cada lado. Les habían conducido a la tercera detrás de la cocina, situación que contribuía a preservar la intimidad de su encuentro.

La mesa contaba con una superficie laminada para facilitar su limpieza. Había un dispensador de servilletas y un soporte con sal, pimienta y diversas salsas. Una botella de agua sin abrir y dos vasos de cristal completaban el conjunto. Si los clientes deseaban beber vino con la cena, debían llevarlo consigo, tal y como habían informado a Peter al llegar. Los camareros facilitaban un cubo con hielo si los clientes lo solicitaban, como él había hecho.

Bebió un sorbo de chardonnay, un buen vino marca Margaret River que esperaba gustara a Erin. Quería agradarle, quería hacer que se sintiera bien con él. Este lugar de encuentro parecía decir a gritos que ella no quería ningún tipo de relación con él. Sin duda, el apellido Ramsey la habría intimidado. Una sonrisa de felicidad iluminó su rostro. Saboreó el desafío de superar aquella barrera con un seductor ataque.

A no ser que no fuera necesario.

Peter se dio cuenta de aquello justo en el momento en que Erin entró en su campo de visión. Su aspecto no era en absoluto descuidado, sino una verdadera ofensiva femenina.

El deseo de tomar lo que ella ofrecía se apoderó de él al instante. Erin Lavelle era una verda-

dera preciosidad, con el largo y sedoso cabello
negro suelto, al igual que sus pechos, bamboleán-
dose a cada paso que daba. El vestido que llevaba era espectacular, una llamativa combinación
de colores que resaltaba el verde de sus ojos e
idóneo para despertar la imaginación de cualquier hombre.

«Sí...», esa palabra retumbaba en los oídos de
Peter.

Sin embargo, la excitación pronto dio lugar al
desencanto: el desafío se había esfumado.

Pensándolo cínicamente: ¿se debía todo aquello a una reacción al conocer su nombre y todo
lo que significaba? ¿Había decidido la princesa
seducir al príncipe descaradamente?

«¡Error!»
La euforia se había hecho dueña de Erin
cuando vio a Peter Ramsey levantarse de la
mesa a saludarla, mirando sorprendido aquella
versión glamurosa de ella misma, pero había
algo en su sonrisa que no le gustaba. No la miraba a los ojos. Y tenía un rictus de ironía.

Su entusiasmado corazón cerró sus alas y se
retrajo sobre sí mismo. Su mente se encogió de
vergüenza. Había interpretado mal aquella invitación a cenar. La atracción que sentía hacia
aquel hombre no era mutua y acababa de ponerse en ridículo.

El instinto de defensa entró inmediatamente

en acción. La fértil creatividad que era característica en ella se puso en marcha rápidamente para encontrar una excusa que borrara de un plumazo aquella impresión de entrega.

–¡Hola! –dijo alegremente, avanzando hacia él y extendiéndole sonriente la mano–. Disculpe que no venga vestida informalmente; aquí parece un poco fuera de lugar, pero después de cenar voy a una fiesta y era más práctico venir ya arreglada.

–No tiene por qué disculparse. Ningún hombre podría mirarla esta noche sin sentir admiración por usted –respondió él, intentando tranquilizarla educadamente, aunque la forma en que se estrecharon las manos no contribuía a ello. Él le apretó la mano con fuerza, casi posesivamente, enviándole una carga de pasión a través de su cuerpo. Le preguntó con toda la intención:

–¿Tiene una cita con su novio?

–No tengo novio.

Él alzó las cejas con expresión de sorpresa:

–Entonces, estoy seguro de que tendrá muchísimos pretendientes en la fiesta.

Erin no estaba segura de si había sido un cumplido o no, dado lo atrevido de su vestido.

–Pero, ¿congeniaré con alguno de ellos? –respondió pensando que nunca encontraría un príncipe azul.

–Eso suele ser difícil –contestó él secamente.

–¿A usted también se lo parece? –balbució Erin, que prefería hablar de lo que fuera antes de que el silencio demostrara lo nerviosa que estaba.

—¿Por qué lo pregunta?

La mirada desafiante que le dedicó Peter le hizo sentir como una estúpida. Se burlaba de cualquier suposición que diera por hecho que todo era fácil para él. Ella no tenía ni idea de cómo era su vida, había acudido a la cita para descubrirlo, pero... él no estaba allí por la misma razón y Erin sentía que estaba comportándose de la forma equivocada.

—Estoy segura de que tiene más candidatas donde elegir de los que tengo yo —espetó ella a la defensiva.

—Créame, eso no lo hace menos difícil.

—He oído decir que tiene muchas admiradoras, Peter.

—Prueba y error. ¿Cuántos errores ha cometido usted, Erin?

Ella sacudió la cabeza, completamente aturdida por aquella inesperada pregunta y la mirada reprobatoria de él.

—Lo siento. No sé cómo ha llegado la conversación a este punto. Usted quería saber qué ha sucedido con la señora Harper.

—Y los errores que se han cometido —respondió él, soltándole la mano y ofreciéndole asiento—. ¿Tiene prisa por terminar de cenar?

Aquella pregunta la desconcertó. La cita estaba desarrollándose de una manera muy complicada, incluyendo su mentira sobre la supuesta fiesta, lo que para él naturalmente suponía que no podría quedarse todo el tiempo que quisiera con él.

–No, no, no tengo prisa –murmuró, sentándose y dirigiéndole una mirada pacificadora–. Ahora lo que importa es Thomas. Está en medio de las peleas entre sus padres.

–¿Le preocupa más el hijo que el padre? –preguntó Peter volviéndose a sentar.

Eso hizo que Erin se parase a pensar su respuesta:

–Creo que me pongo más en el lugar de Thomas. Mis padres se divorciaron cuando yo tenía siete años.

–¿Es usted hija única?

–Sí –contestó Erin con una mueca, recordando muy bien lo abandonada que se había sentido–. Una hija única que se sentía muy sola.

–¿Quién obtuvo la custodia?

–Mi madre.

–¿Y usted estaba de acuerdo?

–Yo quería que estuvieran juntos –dijo ella decididamente–. Una pareja no debería tener hijos si el matrimonio no es sólido.

–¿Por eso no se ha casado usted? ¿Nunca se ha sentido lo bastante segura como para contraer matrimonio?

La conversación estaba yendo demasiado lejos. Erin no quería autoanalizarse, ni analizarle a él ni a nadie en particular. Hasta entonces, él se las había arreglado para sonsacarle información sobre su vida.

–No estamos aquí para hablar de mí –le recordó lacónicamente.

–Sólo quería saber algo más de usted –respondió él amigablemente, alcanzando la botella de vino del cubo de hielo–. Este es un chardonnay Margaret River, ¿quiere compartirlo conmigo?

Erin no estaba dispuesta a añadir alcohol a la mezcla de emociones que le hacía sentir aquel hombre. Las palabras se escapaban de su boca sin control y debía ponerles freno. Negó con la cabeza y dijo:

–Tomaré agua, gracias.

–Se está reservando para la fiesta.

Erin paró un instante a pensar lo que estaba ocurriendo allí. La falsa fiesta estaba haciendo surgir preguntas cuyo fin era averiguar aspectos de su vida privada. ¿Por qué intentaba Peter Ramsey sacar a la luz aquellos detalles si no sentía ningún interés por ella?

Su reacción al intento de Erin de parecerle atractiva había sido definitivamente negativa: como ella había dejado claro que su atractivo aspecto no tenía nada que ver con él, Peter se había empeñado en descubrir más y más detalles sobre ella.

Se sentía desagradablemente confundida con aquella situación; lo miró desafiante a los ojos y contestó:

–No, simplemente, prefiero beber agua. Quiero mantener la mente clara.

–¿Incluso en una fiesta?

–Especialmente en una fiesta.

–Por una mala experiencia –dio él por sentado.

–No. Y no quiero dar lugar a ninguna.

–Parece como si tener todo bajo control fuera una de sus prioridades.

De nuevo estaba entrometiéndose, con sus azules ojos tan fijos en los suyos; había conseguido sonsacarle las respuestas como con un imán. A pesar de estar totalmente sobria, Erin sintió que no controlaba nada al lado de ese hombre. Su pulso latía desbocado y su mente luchaba a duras penas por hacerse con la situación.

–No permitiré que nadie controle mi vida –contestó apenas sin darse cuenta de que estaba revelando un aspecto tan íntimo de su vida.

Él aprovechó la situación.

–¿Cree que ser independiente es más seguro que confiar en otra persona, Erin?

–Cuando la gente en la que deberías confiar está contigo sólo por el interés, aprendes a ser independiente bastante deprisa –contestó con un rencor considerable, sintiendo cómo él se entrometía cada vez más en su vida–. Y eso es probablemente lo que le espera a Thomas Harper –añadió dando énfasis a sus palabras y deseando llevar la conversación al tema que deberían estar tratando.

Erin necesitaba romper aquella tensión que fluía entre los dos, por lo que se volvió a por la botella de agua y procedió a llenar un vaso.

–Lo siento, debería haberte servido el vaso.

Aquella disculpa pudo con los nervios de Erin, que contestó bruscamente:

–¿Por qué?

Él se encogió de hombros, asomando a sus labios una sonrisa de desconcierto:

–Es lo que un caballero suele hacer por una dama.

–¿Y qué es lo que suele hacer una dama por un caballero en su entorno, Peter?

En la mente de Erin estaba presente un cínico pensamiento: «Acostarse con él». Aun así, le sorprendió que un súbito reflejo de deseo por ella se dejara ver en sus ojos.

Hasta su sonrisa era terriblemente seductora cuando contestó:

–En mi entorno, un caballero cuida a una dama que atiende sus necesidades.

La mente de Erin bullía de actividad:

–¿Qué clase de necesidad estoy atendiendo yo?

–Mi necesidad de hablar con usted.

Su respuesta fue tan suave, su expresión tan sincera, que Erin dudó si aquel repentino deseo de él había sido fruto de su imaginación.

Afortunadamente, la camarera llegó a la mesa para tomarles nota, distrayendo la atención de Peter y proporcionándole un respiro a Erin. Necesitaba aclararse y tener una perspectiva razonable de lo que había llevado la conversación a aquel extremo.

Ella había demostrado demasiado abiertamente que quería gustarle.

Y a él no le había agradado.

Sin embargo, ¿le parecería más estimulante
un objetivo difícil de conseguir? Quizás había
demasiadas mujeres que le ofrecían sus atracti-
vos en bandeja y él había percibido en ella algo
diferente.

Suspiró.

Nada era sencillo en la vida.

Por esa razón, prefería vivir las historias que
imaginaba. Tenía un control total sobre los per-
sonajes y las respuestas que debían dar en cada
momento.

–¿Erin?

Aquello la devolvió a la realidad; sonrió a la
camarera:

–Tomaré las gambas con jamón y chili.

–¿Le gustan los platos picantes? –preguntó
Peter.

–El jamón con chili es más especiado que picante –le explicó Erin.

–Tomaré lo mismo –informó a la camarera,
que tomó nota de todo y se fue en dirección a la
cocina.

Peter dirigió una mirada pícara a Erin:

–Me gusta lo picante.

Su estómago le dio un vuelco, sentía maripo-
sas revoloteando... aquella mueca, aquel brillo
sexy en su mirada... le resultaba tan atractivo... y
sin embargo...

Le miró con recelo, intentando comprender más objetiva y sensatamente qué había llevado a Peter Ramsey a invitarla a cenar:

–¿Por qué tengo la sensación de que esta noche está dispuesto a romper las reglas?

Él se echó a reír y Erin sintió una oleada de placer al oír el sonido de su risa, algo que borró totalmente la oscura confusión y acrecentó un poco más el interés que sentía por aquel hombre.

Destacaba sobre cualquier otro hombre que hubiera conocido.

Quería saber más de él.

Por tanto, lo mejor que podía hacer era relajarse y dejarse llevar por cualquier cosa que sucediese, sin importarle a dónde condujera.

Capítulo 4

SUS ojos mostraban de nuevo aquella encantadora mirada de curiosidad, casi infantil, como deseando comprender.

Peter se sentía tan atraído por ella... Apenas podía resistir las ganas de decirle «Por ti, me saltaría todas las reglas del mundo, Erin Lavelle».

Sin embargo, aquella frase podría ofenderla, alejarla e impedir que descubriera más cosas sobre ella. Hasta ese momento, todo iba bien. No tenía novio. Su familia no le exigía demasiado. Era libre de hacer lo que quisiera y, aquella noche, había decidido cenar con él antes de acudir a la fiesta.

Y Peter estaba empeñado en evitar que se fuera.

—Normalmente no suelo comportarme así —confesó, consciente de que ella esperaba una explicación—. Pero me he sentido sorprendentemente bien y creo que quiero seguir así.

—¿Qué hacía en el parque? —preguntó Erin.

«Estaba allí por ti».

¿Se sentiría halagada al oír eso?

¿O quizá asustada?

Sus instintos de cazador le advirtieron que era conveniente acercarse todo lo posible a ella antes de mostrar sus verdaderos motivos. Se encogió de hombros:

—Fue una casualidad. Había pasado toda la mañana en Randwick Racecourse con mi entrenador. Dentro de poco tendrá lugar la carrera de otoño y quería comentar con él la buena forma de mis caballos. Me dirigía en coche de vuelta a la ciudad y, al ver el hermoso día que hacía, me paré en el parque a admirar las rosas —su sonrisa invitó a Erin a sonreírle también.

—No hay rosas en el parque —se burló ella.

—Entonces, a respirar aire puro —rectificó—. Es algo de lo que no se puede disfrutar metido en un despacho.

Los ojos de Erin brillaban divertidos:

—¿Cuándo fue la última vez que rompió su retina?

—No lo recuerdo.

—¿Y se alegra de haberlo hecho?

—¿Cómo no voy a estar contento si me he encontrado con una princesa que desea hacer feliz a un niño?

—¡Oh! —las mejillas de Erin se sonrojaron—. Así que era verdad que me oyó relatar aquella historia.

—Consiguió cautivar a esos niños... y a mí.

—¿Le gustó? —ella se sentía halagada, como si

aquel elogio fuera totalmente inesperado y supusiera un inmenso placer.

–Tiene un don especial, Erin.

–Es uno de mis cuentos favoritos, me alegro tanto de que le guste...

De repente, Erin dejó de hablar, como pensándose dos veces demostrar tanto entusiasmo. Bajó la mirada y Peter notó que intentaba esconder algo.

–Continúe –animó, deseando que la felicidad volviera a su rostro.

Ella le miró sonriendo con sentimiento de culpa y tomó el vaso de agua:

–Me he dejado llevar por su cumplido, Peter. Se lo agradezco, pero hablemos de la familia Harper. Ésa es la razón de que estemos aquí.

Peter estuvo a punto de negarlo. Había acudido a aquella cena por ella. Podría haberle preguntado por teléfono sobre la reacción de la madre de Thomas. Pero quizá fuera demasiado pronto para que Erin se sintiera cómoda siendo el centro de atención. Era mejor centrarse en la familia Harper, por el momento.

Adoptando una expresión de interés, comenzó a hablar:

–Supongo que su tía utilizó mi tarjeta de visita y explicó mi intervención a favor de Dave, ¿no es así?

–No exactamente. Le contó a la señora Harper que su ex marido apareció en el parque y...

–Erin frunció el ceño al acordarse de la situación–. Fue extraño; en lugar de enfadarse o asustarse... parecía triunfante, como si el señor Harper hubiera caído en una trampa que le hubiera tendido. Demostró un gran interés en saber si habíamos llamado a la policía para que lo detuviera.

Peter hizo un gesto con la cabeza:

–Eso concuerda con la versión de Dave. Quiere que Thomas sea sólo para ella y está utilizando todas las artimañas posibles para conseguirlo. Imagino que su tía fue objeto de su enfado al enterarse de que no había sido así.

–Fue como si estallara una bomba –Erin abrió mucho los ojos y su voz reflejó la intensidad de la reacción–. Amenazas, insultos, la cara de la señora Harper estaba roja de ira, pero mi tía se las arregló para cortar de raíz su pataleta al enseñarle su tarjeta y contarle que usted iba a apoyar al señor Harper.

–¿Qué ocurrió a continuación?

–Bueno, su nombre hizo que se aplacara bastante. No podía creerlo. Decía cosas como: «¿De qué lo conoce Dave? ¿Por qué ha tenido que entrometerse? No tiene nada que ver con él». Sarah le aseguró que usted había mostrado interés en ayudar a su ex marido; entonces, se puso histérica y a gritar que era su vida y que iba a hacer lo que quisiera.

–Eso también cuadra –dijo Peter, satisfecho de apoyar una causa justa–. Dave dice que siempre ha cedido para no discutir con ella, pero que lo que no puede soportar es que le separen de su hijo.

–Creo que ella luchará denodadamente –advirtió Erin–. Me parece que está demasiado acostumbrada a conseguir lo que quiere.

–No lo dudo. Pero he puesto el caso de Dave en manos de un abogado que le garantizará un régimen de visitas adecuado y llevará la batalla por la custodia ante los tribunales.

Automáticamente, Erin se sintió intrigada por la confianza que mostraba su acompañante:

–¿Por qué se interesa tanto, Peter? Quiero decir... Tal y como dijo la señora Harper: ¿por qué se ha entrometido en esta historia?

–¿Le parece mal?

–En absoluto, es sólo que... la gente no suele hacer eso, ayudar a un desconocido y hacer todo lo que puede por él.

Erin estaba impresionada e intrigada por su generosidad. Peter sabía que podía aprovecharse de la admiración que despertaba en ella, pero nunca se sentía cómodo cuando el dinero estaba por medio:

–Cuando se tiene la ventaja de poseer una enorme fortuna, es fácil actuar como un buen samaritano, Erin –comentó sarcástico.

–Supongo que es cierto –respondió ella lenta y pensativamente–. Pero no sólo le está ofreciendo dinero; también le regaló su tiempo y dejó de hacer lo que estaba haciendo para intentar solucionar sus problemas.

–No quería que perdiera a su hijo. Los divorcios no suelen traer cosas buenas. Hay demasiados padres que se ven obligados a separarse de sus hijos. Sé que, si me sucediera a mí, lucharía con uñas y dientes por ellos.

Erin le creyó. Aquella mirada de determinación en sus ojos, la dura expresión de su rostro le hizo pensar: «¡Pobre de la mujer que intente separar a Peter Ramsey de sus hijos!». El guerrero vikingo presentaría batalla para vengarse.

Pero, ¿se debería aquella reacción a un deseo de posesión o realmente sería un padre amante de sus hijos?

–No todos los padres quieren responsabilizarse de educar a sus hijos –dijo Erin–. Algunos prefieren que lo haga la madre.

–¿Su experiencia personal fue así, Erin? –preguntó con un ligero tono de burla.

–Sí –confesó ella–, mi padre es catedrático de Lengua Inglesa y habita en el misterioso mundo de la Literatura. Da por hecho que una mujer debe satisfacer sus necesidades. En cuanto a lo que pueda necesitar un niño... –sacudió la cabeza sonriendo irónicamente–. Sólo hacía lo que a él le venía bien y eso era simplemente regalarme libros. No es que no me gustaran, pero siempre supe que nuestra relación se limitaba a lo que él disfrutaba haciendo. Yo no existía fuera de aquella afición que compartíamos. De hecho, aprenderlo me costó mucho sufrimiento... después de que mis padres se separaran... ya no tenía sentido pedirle más.

Peter hizo una mueca:

–Un hombre egoísta. Lo siento, Erin. No todos los hombres somos así.

–No. Y no todas las mujeres son como la señora Harper.

–¿Cómo era la relación con su madre?

Erin dudó si contestar. Su comentario sobre la madre de Thomas había tenido como objetivo que Peter reflexionara sobre su actitud de cinismo hacia las mujeres. Aquel intento por saber detalles tan personales sobre la relación con su madre la hicieron sentir vulnerable. Había contado a Peter más cosas sobre su infancia de lo que nunca le había dicho a nadie. De alguna manera, el problema de la familia Harper la había llevado hasta allí... ¿o acaso lo habían hecho esos ojos azules que la miraban fijamente?

¿Importaba mucho si le contaba cómo había sido la relación con su madre? Simplemente, estaban hablando sobre las consecuencias del divorcio. Probablemente, nada de lo que hablaran trascendería. Además, contestar a sus preguntas le daba cierto derecho a exigir que él respondiera las suyas.

–No puedo decir que mi madre no me quisiera, pero siempre echó a mi padre en cara que no se comportara como tal, por lo que siempre le serví de arma arrojadiza contra él. Viéndolo con objetividad, creo que odiaba haber sido desplazada por otra mujer y me usaba para molestarle todo lo que podía.

–Así que su padre la abandonó.

Erin suspiró, recordando los gritos y las peleas que habían precedido a la separación, encerrada en su habitación, intentando no oír los chillidos, deseando fervientemente que terminaran:

–Mi madre descubrió que tenía una amante y le hizo la vida imposible –dijo de mala gana.

–Parece como si le importara más hacerle pagar por su infidelidad que usted, ¿no? –preguntó Peter.

Erin se encogió de hombros, huyendo instintivamente de los recuerdos de aquella etapa de su vida, en la que tuvo que aprender a arreglárselas sola, sin pedir nada a sus padres para evitar sufrir más rechazos por parte de su padre o sermones de su madre sobre lo difícil que era criar a un hijo sola.

–Supongo que aprendí a desvincularme de ellos. Pienso que muchos niños se convierten en víctimas del fuego cruzado emocional que siempre desencadena un divorcio –suspiró de nuevo y sonrió a Peter por el interés que mostraba–. Espero que Thomas no pase por todo eso. Y espero que su madre llegue a entender que Thomas Harper necesita que lo dos le quieran.

–Yo también lo espero.

–¿Y qué me dice de usted, Peter?

La pregunta lo tomó por sorpresa. Erin advirtió que aún daba vueltas a todo lo que le había contado sobre su experiencia personal, quizá planteándose si su acción de buen samaritano conseguiría mejorar las cosas para Thomas. La miró desconcertado y preguntó:

—¿De mí?

—¿Cómo se siente uno al nacer y crecer como un príncipe?

Había planteado la pregunta con ligereza, pero el rostro de Peter se endureció como si hubiera tocado una fibra sensible:

—¿Cree que es fácil criarse así? ¿No se ha parado a pensar que la frivolidad de la gente puede llegar a cansar? —alzó una ceja desafiante—. Se sorprendería si supiera lo solo que se puede sentir alguien así, Erin.

Ella le miró, preguntándose si su confianza en la amistad se había ido al traste por su riqueza. Si aquello era verdad, era muy triste. Se dio cuenta de lo bien que se habría sentido al ayudar a Dave Harper porque no se lo había pedido.

Entonces les llevaron la comida. Cuando se hubo marchado la camarera, Erin se inclinó y le dijo:

—Pagaremos la cena a medias; no he venido para que me invite.

Había acudido para algo totalmente distinto: para tener una aventura con él.

—Yo le pedí que viniera, Erin —puntualizó él, divertido por aquella declaración de principios.

—Yo elegí el sitio —le recordó ella—. Empecemos a cenar.

La comida era excelente; verduras frescas, suculentas gambas, sabores potenciados por el jamón y el chili picante.

—¿Le gusta? —se interesó Erin, esperando que su elección fuera acertada.

—Mmm... muy sabroso.

Las miradas de ambos se encontraron por un instante, con un estallido de chispas que hacían pensar que aquel comentario estaba dirigido a ella, no a la comida. Erin continuó comiendo, pero la emoción que sentía por todo su cuerpo convirtió aquella acción en algo mecánico.

—¿Está segura de que no le apetece una copa de vino? —preguntó Peter, alzando la botella de la hielera.

Erin negó con la cabeza, sintiéndose embriagada sólo por el hecho de estar a su lado. Cuando volvió a dejar la botella en su sitio, dijo:

—Pero, por favor, no deje de disfrutar usted de él.

—No quiero beber mucho. Tengo que conducir.

«Lejos de aquel lugar donde estaban juntos»:

Aquel pensamiento devolvió a Erin un atisbo de cordura. Una vez más se reprendió a sí misma por pensar que él deseaba algo más. ¿Acaso no había rechazado de plano sus intentos por descubrir aspectos de su vida? Ahora, él estaba seguro de haber hecho lo correcto con Dave y Thomas

Harper. Cuando terminara la cena y la camarera se llevara los platos, no tendría más razones para prolongar aquel encuentro.

A no ser que...

Erin no pudo reprimir sus deseos.

–¿Va muy lejos de aquí? –preguntó, intentando aceptar lo inevitable.

–No, voy a Bondi Beach, no muy lejos de donde estamos.

–¿Vive allí?

–Tengo un apartamento –su boca se curvó en una sonrisa–. Vivo en muchos sitios, Erin.

–Yo también.

Él la miró sorprendido.

Erin no deseaba seguir hablando de sí misma, no quería que él continuara allí por educación, escuchando detalles sobre su vida. Además, la gente que tenía familia la consideraba rara. Antes de que aquel hombre pensara lo mismo, añadió sonriendo:

–Puedo ir a cualquier sitio con mi imaginación.

–Debe usted de ser muy creativa para contar las historias tan bien como lo hace. ¿Se imagina viniéndose conmigo esta noche?

Aquella pregunta fue pronunciada tan suavemente, que Erin no estaba segura de haberla oído bien:

–¿Perdón? –dijo atropelladamente, con el corazón latiendo a toda velocidad.

Él se inclinó, ejerciendo todo el poder de su

magnetismo físico mientras le asía las manos a través de la mesa. Sus ojos parecieron hipnotizarla cuando dijo:

—No ha quedado con nadie en particular en esa fiesta.

—No —no había ninguna fiesta.

—Venga conmigo entonces —su blanca sonrisa era cautivadora—. Piénselo. Sólo el príncipe puede llevar a Cenicienta al castillo. No podemos dejar que la historia termine aquí, Erin.

Erin tenía la boca totalmente seca. Tragó saliva con dificultad y su mente se debatió ante aquella proposición que había dejado de esperar. Peter Ramsey se sentía atraído por ella. Quería que se fuera con él, que estuviera con él.

—No. No es buena idea dejar que termine aquí —respondió, desechando cualquier tipo de cautela.

Él se echó a reír, encantado al escuchar su respuesta:

—¡Vamos! Mi caballo espera fuera —dijo levantándose y ofreciéndole su mano.

—¿Es un corcel blanco? —preguntó atolondradamente, dándole la mano y levantándose de la silla, feliz.

—Azul —replicó burlonamente—. Pero es el más potente del reino.

Ella rió, sintiendo sus dedos entre los de él, estableciendo un vínculo que no estaba dispuesta a dejar escapar. Cuando se detuvieron a pagar la cena, sus manos se separaron un momento, pero

Peter volvió a asirla inmediatamente para salir del restaurante.

Aquel viernes por la noche, Oxford Street bullía de gente que intentaba divertirse después de toda una semana de trabajo. A pesar de la multitud que bullía a su alrededor, avanzaron en un espacio sólo para los dos, como si aquel hombre que tenía al lado obligara a los demás a mantenerse apartados. Se hallaban en medio de un círculo mágico, imaginó Erin, sin pensar hacia dónde se dirigían, disfrutando de aquella sensación de incertidumbre sobre lo que sucedería después.

Giraron en una esquina:

—El siguiente establo a la derecha —informó Peter, bromeando aún con la historia que habían inventado.

Erin sintió ganas de bailar. Se sentía como Cenicienta, dirigiéndose al baile de palacio:

—Me pregunto si podremos detener el reloj para que no dé las doce —dijo ella caprichosamente.

—¿Desaparecerás a medianoche?

—Así es como acaba este día, ¿no? —le recordó, esperando secretamente que la aventura que habían comenzado ejerciera el mismo hechizo sobre ambos.

—Llevo un zapatito de cristal en el bolsillo —dijo pícaramente.

—¿De veras?

—Sé dónde trabajas, así que te encontraré.

Erin no trabajaba en la guardería, pero Peter podría dar con ella a través de su tía si tenía realmente interés. Sentía una gran felicidad cuando entraron en el aparcamiento. No tenía ningún temor por irse con él. Le parecía que su hada madrina había agitado su varita mágica para propiciar el encuentro ya que, por muy improbable que fuera, estaban predestinados.

Ese mágico pensamiento se evaporó repentinamente cuando Peter la condujo a un deportivo BMW Z4 azul descapotable. Era demasiada coincidencia que viera dos coches como aquél el mismo día. Su corazón tembló cuando se dio cuenta de la conexión. Se volvió hacia Peter, buscando una explicación en sus ojos.

—Estabas parado en el paso de peatones cerca de la guardería.

—Sí –contestó él sin dudarlo.

—Y después, apareciste en el parque.

—No, tu sonrisa me llevó allí.

—Mi sonrisa...

Dentro de su cabeza se encendieron luces de alarma. Era una locura. Un hombre tan rico como Peter Ramsey se detiene para conocer a una mujer de la que piensa que es profesora de preescolar... Era todo tan extraño...

De pronto, él, sonriendo, tocó su mejilla con una mano tan cálida que Erin cedió automáticamente. Sus dedos le acariciaron la cara, apaciguando aquel torbellino de palabras que había desencadenado su confesión. Erin sentía un nudo en la garganta, se había quedado sin habla, mirando el inconfundible destello de deseo en los ojos de él, deseo por ella, era indudable.

Él se inclinaba lentamente, cada vez más cerca... Iba a besarla.

Justo un instante antes de que sus labios tocaran los de Erin, una idea cruzó la mente de ella: «¿Qué clase de hombre haría todo lo que Peter Ramsey ha hecho para estar conmigo... simplemente por haberme visto en la calle?».

Capítulo 5

EL corazón de Erin latía desbocado. Cuando sus labios se rozaron, sintió como una descarga eléctrica; en ese momento, dejó de pensar en todo lo demás. Él atrapó su lengua entre sus labios, creando una íntima conexión.

Dejó que le acariciara los hombros, sintiendo los dedos juguetear con su pelo, mientras que le rodeaba la cintura con el otro brazo. Entonces, la atrajo contra su cuerpo y Erin se sintió mujer entre sus brazos. Sus senos se apretaron en éxtasis contra la cálida y poderosa pared de su pecho, y una corriente de excitación la recorrió al sentir que él ardía en deseos; sintió sus muslos temblorosos al contacto con los suyos y su cuerpo experimentó una oleada de pasión a medida que el beso se alargaba, sintiendo una urgencia sensual que se hallaba más allá de cualquier experiencia anterior.

No fue consciente de enredar las manos en su pelo, de sostener su cabeza hacia la suya, como tampoco lo fue de cómo su otro brazo lo atraía para hacer más intenso el abrazo. Únicamente se dio cuenta de todo aquello cuando Peter separó sus labios de su boca.

–Me gustas mucho, Erin Lavelle –dijo él casi sin respiración.

–Tú también a mí –respondió Erin sin pensarlo dos veces.

–Vamos al coche –propuso él.

Erin sintió que las rodillas le flaqueaban. Peter prácticamente la llevó en volandas hasta el asiento del copiloto y le abrochó el cinturón antes de cerrar la puerta y dirigirse a su asiento. Erin pensó con asombro cómo se las arreglaba para actuar con tanta determinación mientras que ella había perdido cualquier sentido del movimiento.

El coche arrancó con un potente rugido. Peter le guiñó un ojo:

–¿Te importa despeinarte si bajo la capota?

–No –respondió ella, confiando en que la brisa nocturna la ayudaría a despejar sus ideas.

Peter pulsó un botón y la capota se recogió automáticamente. Un instante después, circulaban por la oscuridad; el semáforo en rojo del cruce de Oxford Street los obligó a detenerse. Los peatones que cruzaban la calle se volvían a admirar el coche, tal y como Erin había hecho unas horas antes, observando el aspecto de los ocupantes. Entonces, se preguntó si Peter estaría mirando a las mujeres que pasaban. Le miró para comprobarlo; no parecía mostrar interés por ninguna de ellas. Centraba su atención en el semáforo, esperando a que se pusiera en verde.

¿Acaso estaba impaciente por llegar a donde se dirigían? Peter notó que Erin no se encontraba a gusto:

–¿Qué pasa? –preguntó, alerta ante un posible problema.

El riesgo que sintió la hizo responder:

–Debe de ser divertido salir con una mujer que está fuera de tu círculo social y...

–No –interrumpió él, decidido. Apartó la mano de la palanca de cambios y asió la suya:

–Nunca he estado con una mujer como tú, Erin. Mi vida era gris hasta que has llegado tú.

Ella se sintió halagada, era especial para él. Le sonrió y él le devolvió la sonrisa.

Entonces notó una agradable sensación de seguridad.

Cuando el semáforo cambió a verde, Peter le soltó la mano y el coche avanzó. Erin se relajó en el asiento de cuero, disfrutando del trayecto en descapotable, con el aire revolviendo su pelo.

Sólo deseaba dejarse llevar, que ocurriera lo que tuviera que ocurrir con aquel hombre, aunque fuera una locura. Sin embargo, aún conservaba un toque de cordura. Quizá le estaba mintiendo al decirle que ella era única, quizá le decía lo mismo a todas.

Estaba claro que él se había hecho con la situación, propiciando todo para que no perdieran el contacto. Nada de todo aquello había sido espontáneo, sino algo premeditado por un hombre que sabía aprovechar las oportunidades.

Peter Ramsey... el millonario... acostumbrado a conseguir todo lo que se proponía.

Y allí se encontraba ella, directa a su cama, tal y como él se había propuesto quizá desde el principio. De pronto le vino a la mente una expresión latina que le gustaba mucho a su padre: «*Veni, vidi, vici*» Llegué, vi y vencí...

De alguna manera, los millonarios eran la versión moderna de los antiguos conquistadores, haciéndose con todo lo que se les antojaba. Sin duda, Peter Ramsey era de esa clase de hombres. ¿Acaso no había detectado aquello desde el principio, antes incluso de saber quién era?

Tal vez debería estar asustada, pero no lo estaba. Él la excitaba, más de lo que cualquier hombre había conseguido nunca. Así que poco le importaba convertirse en su marioneta por un día, hacer lo que él quisiera. Su vida carecía de sentido desde hacía tiempo, razón por la cual se había inmerso tanto en sus cuentos, que ponían una nota de color en su existencia. Al igual que los viajes que realizaba, eran una manera de buscar el sentido.

Y de repente...

Peter Ramsey y ella estaban juntos. ¡Habían congeniado! El príncipe... la princesa... ojalá no fuera una aventura de una noche, ojalá fuera algo más. Pero era mejor dejarse llevar.

Peter tenía que refrenarse para evitar sobrepasar el límite de velocidad. Su euforia le hacía desear entrar en acción. Era plenamente consciente de la presencia de Erin a su lado, aún podía sentir sus cuerpos abrazados... despertando instintos que difícilmente podían aplacarse.

Estaba tan absorto en su excitación física que pasó un rato hasta que notó que Erin se había quedado callada. La mayoría de las mujeres no paraban de hablar. Él no quería hablar, romper la magia del momento que prometía todo lo que deseaba de una mujer. Quizá era una fantasía, pero deseaba ardientemente dar rienda suelta a aquel sentimiento.

Sin embargo, ¿acaso su silencio era buena señal o escondía pensamientos negativos?

Quizá ella no estaba conforme con la respuesta que había dado a su pregunta anterior.

Le dirigió una mirada. Estaba apoyada contra el reposacabezas del asiento, tenía los ojos cerrados y su pelo bailaba con la brisa. No mostraba expresión de tensión ni preocupaciones. Su rostro era sereno, su cuerpo estaba relajado y las manos reposaban en su regazo. Tal vez estaba disfrutando de la noche, sin dejar que ninguna preocupación la atormentase.

Recordando un comentario que había hecho durante la cena, le preguntó:

–¿En qué piensas, Erin?

–En nada en especial, disfruto de este momento contigo –contestó con una sonrisa.

–¿Estás bien? –quiso confirmar Peter.

–Estoy... maravillosamente.

Aquel timbre en su voz le convenció de que no había nada de lo que preocuparse.

Ella estaba con él.

¿O estaría pensando en la fortuna de los Ramsey?

Una mueca de frustración se dibujó en la cara de Peter. No quería pensar aquello de Erin; no aquella noche. Sólo deseaba dejarse llevar. «No lo estropees», pensó. Aquella mujer era preciosa y la magia del momento podía desaparecer si seguía pensando esas cosas. «Olvídalo, disfruta del momento».

Su castillo era un ático con vistas a Bondi Beach. Un ascensor los llevó desde el garaje directamente a un espacioso salón que daba a una terraza con piscina. Erin atisbó esos lujosos detalles sólo de pasada. Peter la condujo al dormitorio principal y descorrió unas cortinas que dejaron al descubierto una vista espectacular.

Abrió las puertas a una terraza, sonrió y la acompañó hasta la barandilla situándose detrás de ella y rodeándola con sus brazos.

–Esta noche es de los dos, Erin.

–Sí –susurró ella, dejando escapar su emoción. Era una bella noche y se podía oír el rumor de las olas; pero lo mejor era sentir al hombre que tenía al lado.

Se apoyó contra su pecho, sintiéndose protegida en sus masculinos brazos. Se sentía más segura que nunca aunque no lo conocía apenas.

—Me siento tan bien a tu lado —dijo él, asombrado de sus propios sentimientos.

—Yo también —respondió ella sin dudarlo.

—Te deseo, Erin —susurró él mientras le desabrochaba el cinturón—. ¿Te importa si te desnudo aquí fuera?

Ella deseaba sentir sus manos por todo el cuerpo.

—No, si tú me dejas hacer lo mismo —musitó.

Él se echó a reír, con una risa tan sensual que Erin se excitó aún más. Se había acostado con muchos hombres, a veces por soledad, otras por curiosidad, otras esperando que el sexo diera lugar a algo más profundo, pero nunca se había sentido así con nadie. No esperaba nada; la única realidad estaba allí y en ese momento, y nunca se había sentido tan viva.

Él le desabrochó el cinturón y éste cayó al suelo. Después, sus manos recorrieron sus brazos hasta llegar a los hombros.

—¿Tienes frío? —preguntó mientras desataba el vestido.

—No. Creo que estoy demasiado excitada.

Él volvió a reír:

—A mí me pasa lo mismo —contestó mientras la despojaba de la ropa.

Erin notó un hormigueo de la cabeza a los pies. El vestido cayó al suelo dejando sus pechos al descubierto; sus pezones se volvieron duros y prominentes, sensibles a la repentina libertad y al cambio de temperatura. Entonces notó unos dedos que deslizaban su tanga por los muslos.

–Levanta los pies, Erin.

Hizo lo que le pedía. Peter no le quitó las sandalias. Era increíblemente erótico permanecer allí, desnuda y con sandalias de tacón, mientras sus dedos recorrían sus tobillos y después subían, acariciándole las piernas, los muslos, el trasero y el abdomen.

Su corazón latía salvajemente; Erin estaba tan concentrada en lo que le hacía sentir aquel hombre que le costaba respirar. Entonces sintió las manos de él cerrándose sobre sus senos, apretando los pezones, efectuando una sensual fricción sobre ellos que los excitaba aún más.

El deseo por sentirle de la misma manera hizo que sus manos se acercaran a su cuerpo y tomaran posesión de él.

–Ahora te toca a ti –dijo ansiosamente.

Él la miró sorprendido, con el ceño ligeramente fruncido, quizá desagradándole la forma en la que había sido interrumpido. Erin temió haber roto el hechizo, pero pronto se tranquilizó al ver que la expresión de él se relajaba:

–Ahora mandas tú, Erin. Haz lo que quieras conmigo, tú tienes el control.

¿Control?

De repente, le vino a la mente una de las frases que había pronunciado durante la cena: «No dejaré que nadie controle mi vida». Sin embargo, aquella noche lo había hecho, había confiado en él... ¿Por qué?

Porque se sentía a gusto con él.

Y él estaba demostrando que era la decisión acertada. Él podría haber asumido el papel de dominador, pero también estaba ofreciendo, dando, sin importarle su ego masculino.

Erin se sintió exultante. Él le daba completa libertad para hacer lo que deseara:

—Muy bien. Tu princesa te ordena que no te muevas hasta que ella te lo diga.

Él emitió una risa chispeante ante la perspectiva de la fantasía que había iniciado ella.

—Debes estarte quieto mientras sientas mis manos —continuó ella, deseando que sintiera lo mismo que ella.

—Fingiré que estoy de guardia —contestó él, adoptando una postura marcial y mirando hacia el mar.

—Sí, como los Beefeaters de Buckingham Palace.

—¿Has estado en Buckingham Palace?

—No hables. Sólo siente.

Ella comenzó a desabrocharle la camisa, tocando ligeramente su piel con los dedos. Él permanecía en silencio; sólo se oía el sonido de su respiración. Ella sonreía, imaginando la excitación que le provocaba y anticipando sus siguientes movimientos para aumentarla.

Peter no estaba acostumbrado a aquello, pero se obligó a permanecer pasivo y a sentir cada toque de sus manos. Erin quería que aquella noche fuera tan inolvidable para él como para ella, que se convirtiera en un maravilloso recuerdo para ambos.

La camisa pronto cayó al suelo y dejó ver un fuerte torso y unos robustos hombros. Las manos de Erin disfrutaban al tacto de aquel espléndido cuerpo. Entonces sintió el impulso de lamer sus pezones y se dispuso a ello.

Le oyó gemir y sintió como la agarraba del pelo para retenerla contra él.

—Has roto las reglas, Peter.

—Erin... —protestó él.

—No he terminado de desnudarte.

Él suspiró con resignación y se dejó hacer de nuevo.

—Te gustará —aseguró Erin.

Le gustaba...

El cuerpo de Peter ardía de deseo. Nunca se había sentido tan excitado ante el tacto de una mujer. De hecho, ninguna mujer le había tocado de una manera tan sensual. Aunque la espera se le hizo eterna, disfrutaba con cada momento.

Tuvo que hacer verdaderos esfuerzos por mantenerse quieto mientras le despojaba de los vaqueros y la ropa interior, dejando al descubierto su erección. En una situación como aquélla, normalmente se habría quitado la ropa con rapidez; era extraño hacerlo como si fuera un ritual, una ceremonia...

¿Acaso enseñaban a las princesas a hacer eso?

Ese pensamiento le pareció divertido hasta que cayó en la cuenta de que aquella forma de desvestirle era completamente sensual.

Entonces notó las manos de Erin en la ingle, jugando con su vello púbico. Miró hacia las estrellas, tratando de reprimir su instinto sexual. Ella estaba consiguiendo un nivel de excitación que nunca había sentido y deseaba experimentar hasta dónde llegaba.

Ella introdujo una mano entre sus muslos y después sus dedos recorrieron su miembro hasta la punta; entonces la besó. Peter cerró los ojos mientras una dulce oleada de placer recorría todo su cuerpo.

Erin le besó el ombligo, el pecho, acercó sus senos a él.

–¿Te ha gustado?

Peter abrió los ojos:

–Esto no ha terminado –aseguró mientras la abrazaba con fuerza y la besaba con toda la pasión.

Peter entró en acción, la tomó en brazos y la llevó a la cama.

Quedaba mucho para que terminara.

Capítulo 6

ERIN despertó lentamente de un profundo y placentero sueño; se estiró lánguidamente y abrió los ojos. Vio que Peter estaba observándola desde los pies de la cama con una sonrisa de satisfacción en los labios. Así que todo era real.

Y allí se encontraba ella, en su cama, en el apartamento de Bondi Beach.

De repente, todos los recuerdos de la noche anterior se agolparon en su mente, y un escalofrío de placer recorrió sus ingles. Había sido fantástico, pero ¿qué pasaría a continuación?

–Vaya, la Bella Durmiente se ha despertado –dijo él con tono indulgente–. Podrías haber esperado a que te besara.

Automáticamente, Erin se sintió aliviada. Parecía que la historia no iba a terminar ahí; habría otras noches, quizá muchas noches con él.

–Bueno, no llevo durmiendo cien años, ¿verdad?

–No, pero era hora de que te despertaras si quieres venir conmigo a las carreras.

–¿A las carreras?

–Uno de mis caballos corre en Randwick esta tarde.

¡Carreras de caballos! Erin recordó que él había quedado con su entrenador la tarde anterior. Le apetecía formar parte por una vez en su vida de aquel mundo de color y lujo que parecía rodearle.

–¿Suele ir la gente tan arreglada como en la Melbourne Cup? –preguntó, pensando en que alguna vez había visto por la televisión las carreras y le habían parecido un gran desfile de moda.

–No te preocupes por eso –respondió él, acercándose a ella y apartándole los rebeldes mechones de pelo de la cara–. Te vestiré como una princesa.

Entonces Erin notó que sus fantasías se desmoronaban. Estaba bien que la invitara a las carreras, pero en cuando a vestirla... ¿qué significaba exactamente aquello?

–¿Cómo lo vas a hacer?

Él se encogió de hombros:

–Conozco a los mejores diseñadores de Sidney. Bastará una llamada para que traigan lo que necesites. ¿Qué tipo de ropa te gusta? ¿Lisa Ho, Peter Morrisey, Collette Dinnegan...? –respondió despreocupadamente.

Erin se sintió como su maniquí particular y no le gustó en absoluto.

–No, gracias.

–¿No? –Peter frunció el ceño con incredulidad–. ¿De verdad me estás diciendo que no?

Entonces la miró a los ojos fijamente, intentando recuperar aquella conexión que habían vivido la noche anterior. Había sido tan increíblemente fantástico... Por una parte, Erin deseaba
que aquello continuara, pero una parte de su cerebro le impedía que nadie controlara su vida. Si
Peter pensaba que podía comprarla... ¿qué tipo
de respeto sentía por ella?

–No soy de tu propiedad, Peter –dijo muy seria–. Simplemente, decidí pasar contigo la noche
y aún tengo derecho a elegir lo que me conviene.

El rostro de Peter se mostró preocupado:

–No me dirás que quieres que esto termine.

Estaba decidido a superar cualquier barrera
que ella le pusiera. Estaba claro que se preocupaba por ella y deseaba cuidarla, pero Erin no
sabía si se debía tan sólo al plano sexual o porque se sentía atraído por ella más profundamente.

Erin no deseaba pelear con él, era un hombre
único y muy especial. Sin embargo, había aprendido que, en la vida real, no era bueno dejarse
dominar por nadie.

Había tenido demasiadas experiencias con
hombres que esperaban que les siguiera el juego,
sin respetar lo que pudiera pensar ella. Por tanto,
estaba decidida a no dejarse someter por Peter
Ramsey.

–Me encantará acompañarte a las carreras,
pero no ser tu florero.

–¿Mi florero?

A él no le gustó aquella descripción, pero a Erin no se le ocurría nada más apropiado. Ella pensó con desilusión que no podía permanecer allí si no se sentía respetada.

–Puedo vestirme yo sola, Peter. Sólo quería saber qué es lo más adecuado para una ocasión como ésta.

Él suavizó su mirada y contestó con tono de disculpa:

–Sólo quería facilitar las cosas, no era mi intención ofenderte. No quiero que te sientas fuera de lugar.

¿Acaso estaba intentando protegerla?

Erin se relajó; la intención era buena, pero no le gustaban sus maneras. Quizá escondía algún otro motivo detrás de su propuesta:

–¿No te estarás avergonzando de mí? –respondió ella desafiante, con la mirada fija en sus ojos.

Peter adoptó una mueca despectiva:

–No me importa que vayas en vaqueros. Sois las mujeres las que criticáis a las demás. No me parecía buena idea que fueras víctima de eso, pero si a ti no te importa...

–¡Estupendo! ¿Qué hora es?

–Son casi las nueve –respondió con aire ausente.

–Y ¿a qué hora tenemos que llegar a las carreras?

–Sobre las doce.

–Me da tiempo –dijo, saltando de la cama envuelta en las sábanas y dirigiéndose al cuarto de baño–. ¿Podrías avisar a un taxi? Estaré preparada dentro de quince minutos.

–¿Preparada para ir a dónde?

–A David Jones en Elizabeth Street.

Era uno de los principales grandes almacenes de Sidney. En un par de horas, tendría el aspecto adecuado para ir a las carreras de Randwick:

–Puedes venir a buscarme a las once y media.

Peter sintió una gran frustración al verla dirigirse al baño, admirando su bello cuerpo, sus largas y fuertes piernas que la noche anterior le habían rodeado, invitándole a poseerla...

«No soy de tu propiedad», había dicho después.

No estaba seguro de si podría ganar el terreno que había perdido con el tema de la ropa. «No soy de tu propiedad».

El deseo de entrar en el cuarto de baño y poseerla le quemaba; deseaba besarla, quedarse en la cama los dos juntos todo el día. «Olvídate de las malditas carreras». No quería que nadie se entrometiera entre Erin Lavelle y él.

Sin embargo, se dio cuenta de que el sexo no la retendría, como tampoco lo haría su fortuna. Erin estaba orgullosa de su independencia y no estaba dispuesta a perderla.

Pensó que el plan de ella no estaba mal pensado, pero no se iría en un taxi. La llevaría él mismo y se aseguraría de que no estaba huyendo. ¿Por qué se sentía tan inseguro acerca del interés que ella sentía por él?

Porque era diferente. Todo en ella era diferente. Y aquello era totalmente nuevo.

Si ella albergaba alguna duda sobre su futura relación con él, Peter estaba decidido a disiparla. Porque no quería que aquella mujer saliera de su vida.

Erin estaba gratamente sorprendida de que él hubiera decidido llevarla en coche. Pensó con felicidad que deseaba pasar más tiempo con ella, aunque notó que no estaba relajado en su camino a los grandes almacenes. De hecho, sus manos aferraban con fuerza el volante.

¿Acaso se había arrepentido de llevarla a las carreras, de introducirla en su círculo social? ¿Se estaría planteando que había llevado la situación demasiado lejos?

Su silencio hizo que la mente de Erin bullera de actividad. Cuando finalmente habló, ella esperaba una despedida inminente:

–En cuanto a lo que pasó anoche... –la miró preocupado–. Siempre utilizo protección.

¡Conque era eso! ¡No quería que terminara ahí! Entonces, Erin se relajó y contestó rápidamente:

–No te preocupes, no tendrás ninguna sorpresa conmigo. Estoy tomando la píldora.

La tomaba desde los dieciséis años debido a que sufría periodos sumamente dolorosos. Gracias a la píldora, sus menstruaciones eran regulares e indoloras.

Entonces, una desagradable idea cruzó su mente:

—Eso no significa que me acueste con cualquiera. Así que tampoco debes preocuparte por enfermedades de transmisión sexual. Espero poder hacer lo mismo...

—Claro, estoy completamente sano, puedes estar tranquila.

—¡Perfecto!

Entonces pensó en su atolondrado comportamiento de la noche anterior:

—Debería haber pensado en eso.

—No hay problema —contestó él, concentrándose de nuevo en el tráfico.

Erin suspiró y se sintió aliviada de la tensión de hacía unos instantes.

—¿Te gustaría tener hijos en el futuro?

Erin pensó en aquella pregunta. No parecía que él se tomara aquella relación a la ligera:

—Me gustaría tenerlos, pero no veo el momento.

—¿Por qué no?

—Bueno, como te dije anoche, creo que un matrimonio sólido es el mejor entorno para criar a un niño y no estoy segura de estar hecha para el matrimonio.

Peter le dirigió una mirada de desconcierto:

–Explícame eso.

–Bueno... estar subordinada a un marido. Tener que ceder una parte de mí para formar una pareja. Parece que no hay vuelta atrás.

–Suena como si hubieras tenido una mala experiencia. ¿Cuántos años tienes?

–Cumplí los temidos treinta hace casi un año –contestó ella con ligereza.

–¿Y no escuchas el reloj biológico?

–Eso no puede evitarse. ¿Cuántos años tienes tú?

–Treinta y cinco.

–Entonces también has debido de tener unas cuantas malas experiencias.

–¡En esto también coincidimos! –respondió con una sonrisa cómplice.

El corazón de Erin se aceleró. Peter Ramsey era un hombre extraordinario y le encantaba estar pasando esos momentos con él. Sin duda alguna, aquello se terminaría, pero mientras tanto...

–Para mí, el matrimonio ideal es un negocio ideal –dijo–. Dos personas que se quieren y no compiten por encabezar el reparto.

–¿Has conocido a alguna pareja así?

–Sí, mis padres. Mi hermana y su marido. Aunque hay diferencias entre sus matrimonios. Mi madre puede parecer dominada por mi padre, pero es muy seria y se preocupa mucho por sus labores caritativas. Papá respeta y apoya su deseo de ayudar a los demás y no le exige que esté siempre con él para satisfacer sus demandas. Por otra parte, Charlotte y Damian son almas gemelas, lo comparten todo.

Hablaba con tanto cariño de su familia que Erin no pudo evitar envidiarle.

–Tienes mucha suerte, Peter.

–No –sacudió la cabeza–. Ellos tienen suerte; encontraron a su media naranja.

–¿Qué clase de matrimonio desearías para ti, el primero o el segundo? –preguntó Erin curiosa.

Pensaba que ella podría encajar en el primero, pero no en el segundo.

–Creo que, si encuentras a la persona con la que quieres pasar el resto de tu vida, el punto de partida es ése y desde ahí se construye todo.

–Interesante teoría, Peter –dijo Erin sonriéndole–. Pero mientras tanto, eres un bala perdida.

Peter se echó a reír, con un brillo en los ojos que hizo que Erin sintiera un escalofrío de placer:

–Ahora no tanto –respondió, dejando a Erin entusiasmada.

Parecía que el final de la historia entre los dos no sucedería aquel día. Aún le gustaba a Peter Ramsey, su príncipe azul.

No le importaba lo diferentes que eran sus respectivas vidas, le apetecía conocer un poco más el entorno de Peter, por lo que merecía la pena hacer todo lo posible por encajar en él. El mero hecho de estar con él le hacía pensar que todo era posible entre ellos.

Llegaron a Elizabeth Street y Peter paró el coche. Se inclinó sobre ella y le dijo mirándole a los ojos:

–No te gastes todo tu presupuesto en comprarte ropa para hoy, ¿de acuerdo?

–De acuerdo –sonrió ante su ternura.

–Te recogeré a las once y media.

–No te haré esperar, lo prometo –respondió Erin bajando del coche.

Le hizo un gesto con la mano y se dirigió a la entrada de David Jones. Su vestido hizo girar a más de un hombre la cabeza, ya que no era la vestimenta apropiada para llevar por la mañana; Erin decidió que se llevaría puesto lo que comprara y metería el vestido en una bolsa. Lo bueno de David Jones era que se podía encontrar todo tipo de ropa, accesorios y, además, tenía peluquería, manicura, etc. Así que, para cuando fuera a recogerla Peter, estaría espectacular, sin importarle el precio. Los beneficios de sus libros la habían convertido en una de las autoras más ricas del mundo. Su fortuna resultaba muy atractiva para muchos hombres, aunque también había provocado mucha envidia. Con Peter, sería distinto. Pertenecían a mundos totalmente distintos y quizá no fuera negativo.

Sin embargo, Erin se obligó a no hacerse demasiadas ilusiones. La aventura de ir a las carreras con Peter Ramsey era suficiente por el momento; iba a disfrutar de ello sin pensar. No quería ilusionarse con mucho más.

Capítulo 7

PETER paró a las once y media en punto en un paso de cebra cerca de donde debía encontrarse con Erin. Miró a la calzada donde suponía estaría ella esperándole y vio a una mujer resguardada bajo la sombra de un árbol, vestida tan espectacularmente que parecía salida de las páginas de moda del *Vogue*.

¿Sería Erin?

Aunque la estatura y su silueta hacían pensar que se trataba de ella, un elegante sombrero negro le tapaba parte de la cara. Entonces, volvió el rostro hacia él y Peter sintió que el corazón le daba un vuelco. ¡Era ella! Erin reconoció el coche, le saludó con la mano sonriendo y avanzó para reunirse con él.

Llevaba un vestido de seda verde sin mangas estampado de lunares negros y con un cinturón de piel del mismo color, que se ceñía a su fina cintura y resaltaba la curva de sus caderas. Al caminar, la falda dejaba entrever sus muslos. El sensual conjunto se completaba con unas sandalias negras de tacón alto.

Peter era consciente de que debía intentar aplacar el deseo que recorría su entrepierna si no quería protagonizar una situación poco decorosa. El coche de detrás pitó con impaciencia, ya que el semáforo estaba en verde. Aceleró rápidamente y colocó el coche a la altura de donde se encontraba Erin.

Ella portaba un gran bolso blanco y negro y le preguntó si podía dejarlo en el maletero.

Después de hacerlo, se acomodó a su lado y Peter volvió a sentir cómo le subía la temperatura al ver cómo se ajustaba el cinturón de seguridad en torno al cuerpo, destacando sus abundantes senos.

–¡Vámonos! –exclamó ella con alegría.

Peter pensó que estaba decidido a convencer a Erin Lavelle de que él era el hombre de su vida.

–¿Qué te parezco? ¿Crees que pasaré la prueba?

–Tienes un aspecto fabuloso –contestó Peter, advirtiendo inseguridad en su voz y deseando no se sentirse así–. Todos estarán celosos de mí.

–¡Gracias! –rió ella feliz ante el cumplido y, fijándose en el atuendo de él, añadió– Tú también estás fantástico.

Peter intentó concentrarse en el tráfico aunque deseaba a la mujer que estaba a su lado mucho más de lo que había deseado a ninguna otra.

–¿Eres celoso, Peter?

–No, puedes tachar ese defecto de la lista –respondió él.

–¿Qué lista? –preguntó ella alarmada.

–La lista de defectos del marido típico que mencionaste esta mañana –contestó él divertido.

–¡Ah!... Bueno, en realidad no quise decir eso... –aclaró apurada, advirtiendo que se estaba aplicando a él mismo esas observaciones.

¿Acaso no se lo imaginaba como su futuro marido? No parecía ser contrario al matrimonio, sino que carecía de la confianza hacia la manera de ponerlo en práctica. Peter pensó que ella no consideraba atractiva la idea de compartir su vida con ningún hombre, pero sí tener una aventura; por otro lado, no había afirmado nada parecido y el hecho de invertir dinero en ropa para asistir con él a las carreras era buena señal. Se preguntó hasta qué punto llevaría bien Erin aquella relación hasta que deseara recuperar su independencia y le diera la patada. En cuanto a su fortuna, más que un punto a su favor, en este caso sería cuanto menos un escollo.

–Fuiste tú quien sacó la conversación sobre el matrimonio –le recordó ella.

–Sí, sobre el matrimonio y la maternidad –reconoció él, intentando profundizar más en el tema.

–Así que ya hemos hablado del tema –trató de zanjar el asunto–. No he estado nunca en las carreras. Cuéntame cosas, ¿cómo es tu caballo?

Ella mostraba tanto interés que Peter se mostró encantado de contarle todo lo que pudo sobre el tema hasta que llegaron al hipódromo.

Su viva curiosidad continuó durante el almuerzo y más adelante. Toda la gente que encontraron, amigos, socios, conocidos, conectaron fácilmente con ella. Era muy difícil no apreciar su encanto: su mirada, su sonrisa, la forma de escuchar tan concentrada en su interlocutor, independientemente de lo que estuvieran hablando... Los hombres estaban fascinados y las mujeres, intrigadas, seguramente deseando encontrarle algún defecto.

Peter sabía perfectamente lo que estaban pensando: «¿Quién es Erin Lavelle?».

La esposa de uno de los directores del hipódromo dijo:

—Erin Lavelle... estoy segura de haber oído este nombre en alguna parte, pero no sé dónde. ¿Es usted actriz?

Erin rió ante la ocurrencia:

—No, sólo tengo la suerte de acompañar hoy a Peter.

Deseaba por todos los medios no revelar su identidad y Peter captó al momento la idea de no querer ahondar más en su vida, así que desvió la conversación a otros derroteros.

Cuando se alejaron para ver las carreras desde la terraza, le hizo un guiño y preguntó:

—¿Te preocupa cómo me puedo sentir si se enteran de que eres maestra?

«Seguro que no le preocuparía en absoluto», pensó Erin. Probablemente, le divertirían las reacciones que aquella revelación podría suscitar en los demás. Sin embargo, ¿qué pensaría si se enterara de que ella no era una don nadie? Si le hubiera dicho la verdad a la mujer que le había preguntado sobre su identidad, aquella maravillosa relación que compartía hasta ese momento con Peter se habría ido al traste.

No quería que el hombre que la había invitado a pasar el día con él se viera en ridículo por no saber quién le acompañaba realmente. Tendría que decirle la verdad, pero no era el momento. No deseaba que él pensara en ella de otra forma. Le gustaba lo que tenían en ese momento y no quería que nada lo estropeara.

–Tengo derecho de mantener mi vida privada como tal, Peter –dijo convencida.

Era mejor así. Odiaba el revuelo que se formaba cuando la gente conocía su identidad. Además, normalmente a los hombres no les gustaba que les hiciera sombra.

–Cuanto más tiempo estemos juntos, menos posibilidades tendrás de conseguir eso –le advirtió Peter con seriedad.

Ella suspiró y contestó suplicante:

–No le incumbe a nadie cómo nos hemos conocido ni qué hacemos juntos, Peter. Disfrutemos del día simplemente.

Automáticamente, Peter sintió despertar un instinto protector hacia ella. Intuía su temor a no estar a su altura social y esa inseguridad que mostraba le hacía convencerse cada vez más de que no deseaba simplemente un aventura con ella.

–De acuerdo, vamos a ver las carreras –dijo con despreocupación.

Encontraron dos sitios en la grada y Peter comenzó a explicarle detalles sobre los jinetes y los caballos. Erin escuchaba atentamente ansiosa por aprender cosas nuevas sobre ese deporte. Su actitud era de interés total hacia lo que estaba oyendo y observando.

Cuando los caballos comenzaron a galopar para llegar primero a la línea de meta, Erin no se levantó con expectación; todos los demás espectadores gritaban y hacían gestos, pero ella permaneció sentada y Peter pensó con inquietud que ella estaba pensando en otra cosa. Incluso cuando terminó la carrera y la gente se dirigió a tomar algo, a celebrar lo que habían ganado o lamentarse por lo que habían perdido, ella parecía totalmente ausente a lo que le rodeaba.

–Erin...

Ella no respondió. Peter se inclinó y la tomó de la mano. Erin giró rápidamente la cabeza con expresión de sorpresa.

–¿Dónde estabas?

–¡Oh! –sus mejillas se tiñeron de rojo, avergonzada por aquello–. ¡Lo siento! No quería evadirme tanto. A veces me sucede –se excusó.

¿Acaso padecía algún trastorno mental?

–No tiene nada que ver contigo, Peter –le aseguró–. Has sido un acompañante maravilloso. Estaba admirando los caballos, son tan bellos que he empezado a pensar...

Dudó si continuar o no y él notó una cierta reticencia a revelar sus más íntimos pensamientos. Entonces le respondió:

–Erin, no tengo que ser el centro de tu atención. Simplemente, tenía curiosidad por saber en qué estabas tan concentrada.

Ella suspiró y le sonrió:

–Tengo una gran imaginación. A veces, me dejo llevar por ella. Sé que puede resultar desconcertante para la gente que tengo a mi alrededor, pero no pretendo ignorarlos. Por favor, perdóname. Ya he vuelto al planeta Tierra.

¿Tal vez no estaba dispuesta a compartirlo todo con él?

–¿Qué estabas imaginando ahora? –insistió él.

Su mirada se mostró instantáneamente recelosa; contestó:

–Sólo jugaba con una idea; dejémoslo en eso –se puso de pie y le dijo con apremio–: Tengo que ir al lavabo; ¿me disculpas?

–Por supuesto.

Peter sentía que se había perdido algo; sin embargo, le había dejado ver lo que significaba para ella aquel encuentro. Procedían de mundos diferentes y, según ella, era imposible que su relación llegara a ser algo serio. Quizá tenía razón.

Pero él no estaba dispuesto a dejarlo tal cual, sentía más que nunca una gran atracción por aquella mujer y no iba a dejarla escapar.

Mientras tanto, cuando Erin se dirigía al lavabo, cinco maravillosos caballos alados volaban por su imaginación; eran de distintos colores: blanco, castaño, gris, marrón oscuro y negro. Eran los Míticos caballos de... de Mirrima. Sí, sonaba bien. Y serían los protagonistas de una mágica historia.

Justo cuando Peter la despertó de su ensueño, estaba elaborando en su mente el principio del cuento. Como tenía por costumbre, decidió apuntar todas esas ideas en su inseparable libreta. Tan pronto como llegó al lavabo, anotó todo lo que se le había ocurrido.

Sin embargo, no quería estropear aquel día con Peter Ramsey. «Esto no está bien», pensó. Había tenido la inmensa suerte de conocer a un hombre fuera de serie y éste le había dado la oportunidad de acercarse a él. Sería una estupidez tirar todo aquello por la borda. Seguramente, la historia entre los dos no tardaría en acabar, pero cuanto más tarde, mejor.

—¿Estás apuntando la calificación que le das a Peter Ramsey?

Aquel comentario jocoso hizo que Erin se diera la vuelta. Ante ella vio a una espectacular rubia que la miraba con malicia. Se quedó por un momento sin saber qué decir.

—¿Dónde os habéis conocido? —continuó indagando la rubia.

Erin recuperó rápidamente el habla:

—Perdone, ¿nos han presentado?

—Peter se las ha arreglado para no hacerlo. Soy Alicia Hemmings, hasta hace muy poco novia de Peter.

Erin no pudo evitar preguntarse por qué había terminado Peter aquella relación. ¿Quizá se había vuelto demasiado engreída o codiciosa?

—Lo siento, no sé de qué me está hablando.

—Obviamente, eres nueva en todo esto —se burló Alicia.

—Sí —reconoció Erin—. He estado fuera de Australia bastante tiempo.

—¿Te ha traído desde Londres?

Evidentemente, aquella mujer continuaría indagando hasta saber lo que deseaba averiguar, pero Erin no estaba dispuesta a ceder terreno:

—En realidad, no es asunto suyo. Si me disculpa...

—Seguro que te ha deslumbrado, como es millonario y todo eso... Pero te advierto que es un estirado que no consiente ni el más mínimo desliz, así que ándate con ojo para que no descubra ninguna mácula en tu pasado si no quieres que te aparte de su lado.

La curiosidad pudo más que el sentido de la discreción de Erin.

—No sé a qué se refiere —contestó decidida.

—Oh, vamos. La vida nocturna de Londres

está plagada de éxtasis y cocaína. He estado allí y lo conozco.

–¿Y Peter no toma drogas?

–Está totalmente limpio, querida. Y no tiene consideración con quienes consumen. Sólo quería advertirte, nada más –le dijo con una sonrisilla burlona.

–Gracias –contestó Erin satisfecha.

Aparentemente, Alicia estaba lo bastante contenta con haber hecho surgir la duda de Erin y la dejó marchar. Sin duda, había sido todo dulzura e inocencia con Peter, pero había tenido la mala suerte de que descubriera su vicio oculto. Erin pensó que Peter había tomado la decisión acertada librándose de ella. Y no le importaba que fuera tan estricto en el tema de drogas, sólo le preocupaba que deseara controlar otros aspectos de su vida.

Hasta entonces, todo había ido bien. Pensó por un momento en la tórrida y vibrante escena de la terraza de su apartamento, cómo se habían tocado, la hambrienta pasión con la que se habían dado placer mutuo...

Su corazón se aceleró cuando lo avistó entre un grupo de gente; él la vio y se acercó hacia donde estaba ella. Estaba tan guapo con aquel traje que Erin no pudo evitar imaginarlo desnudo. Le deseaba cada vez más.

Estaba tan ensimismada que no se dio cuenta de lo tensa que se encontraba hasta que Peter llegó a su lado.

–¿Estás bien, Erin? –le preguntó preocupado.

–Sí, estoy bien –le aseguró rápidamente.

–¿Seguro que no has vivido una escena algo desagradable en el lavabo?

–¡Ah, eso! –ella sonrió y le encantó que se preocupara tanto–. No hay problema. Aunque tengo que reconocer que tu ex no es muy amable que digamos.

–Vi que Alicia corría tras de ti cuando te dirigías al lavabo, pero no tuve tiempo de advertirte.

–No te preocupes por eso. Volvamos a la terraza, pronto empezará la siguiente carrera.

–¿No te habrá molestado con algo que haya dicho? –preguntó mientras se dirigían a las gradas.

–¿Debería haberme molestado?

–Me gusta hablar las cosas, Erin, que todo quede claro.

Aún se sentía tenso. Erin notó que la despreocupación que había intentado mostrar por su encuentro con Alicia no ayudaba. A Peter no le había bastado con la respuesta que le había dado.

–En lo que a mí respecta, todo está bien –dijo para tranquilizarle–. Alicia me dijo que eres un histérico que no tolera los pequeños vicios sin importancia como las drogas.

Su boca se frunció en una mueca de ironía.

–¿Crees que eso es bueno?

–Bueno, no tengo ningún interés por saber cómo funciona mi cerebro al tomar drogas; por otra parte, me dijo que eres muy controlador y eso no me parece tan bien, pero aún no me lo has demostrado.

–Gracias –dijo intentando ponerse serio, pero sin poder contener la risa. Erin se sintió feliz de hacerle reír.

Y de repente se dio cuenta... se estaba enamorando de Peter Ramsey. Aquello iba más allá de una pura atracción física. No iba a poder seguir con su vida como si tal cosa cuando aquello terminara. Le deseaba con tal intensidad que llegaba a preocuparle.

Incluso sintió miedo: ninguno de los dos se adaptaría a la vida del otro. Así que tomó una decisión:

«Disfruta del momento y aléjate antes de que sea demasiado tarde».

Capítulo 8

EL teléfono le despertó con su irritante sonido. Peter lo alcanzó rápidamente para evitar que Erin viera interrumpido su sueño. Habían compartido otra noche de pasión y la deseaba cada vez más.

Pasaba un minuto de las ocho. Descolgó el teléfono y tapó el receptor con la mano mientras trataba de salir de la cama lo más sigilosamente posible, molesto ante una llamada a aquella hora tan intempestiva de un domingo. Al otro lado de la línea estaba su madre.

Contestó con un tono de impaciencia en su voz:

—Hola, mamá. ¿Pasa algo?

Hubo un silencio.

—Peter, ¿has oído lo que te acabo de decir?

—Me acabo de despertar —dijo exasperado.

—Entonces, aún no te has enterado de que Erin Lavelle y tú salís en la portada de todos los periódicos. ¡En una fotografía a todo color!

—¡Oh, por amor de Dios! No tienen otra cosa que hacer que fotografiarme a mí con una nueva mujer –recordó haber visto a unos fotógrafos mientras su caballo ganaba la carrera, pero no se dio cuenta de que podían retratarlos a Erin y a él en cualquier momento.

–Pero no se trata de una mujer cualquiera, ¿verdad, querido? –dijo su madre con toda la intención.

–¿A qué te refieres? –gruñó él. ¿Acaso se habían inventado aquellos cotillas una mentira sobre ella? ¿Algo que pudiera avergonzarla en su lugar de trabajo, por ejemplo?

–Me encantaría conocerla, Peter. Venid hoy a comer a casa los dos.

El entusiasmo que mostraba su madre le pareció extraño.

–¿Por qué quieres conocerla, mamá? –le preguntó secamente–. Hace apenas un par de días que nos conocimos –por lo general, había pasado meses de relación con sus novias anteriores hasta que su madre mostró interés por ellas.

–Querido, los libros de Erin Lavelle están en todos los hospitales. Sus cuentos hacen mejorar hasta a los niños más enfermos. Les encantan. ¿Por qué no querría conocer a la autora que consigue hacerles olvidar su sufrimiento?

Peter tardó unos instantes en recuperarse de la sorpresa. Erin no era profesora de preescolar; su tía dirigía la escuela y Erin estaba con ella en el parque, pero para contarles cuentos a los niños.

Ella sabía que él imaginaba que era profesora. ¿Por qué no le había dicho la verdad? Había tenido varias oportunidades para hacerlo.

Él odiaba el engaño. ¿Por qué ocultaba Erin esa información?

—¿Peter? —insistió su madre, impaciente ante su silencio.

—Tengo que hablarlo con Erin, mamá.

—Claro. Dímelo lo antes posible, ¿de acuerdo?

Volvió a la habitación y, tras comprobar que ella seguía dormida, tomó unos pantalones del vestidor. Después, llamó al ascensor para bajar a la calle y adquirir uno de aquellos periódicos que le habían descubierto la carrera literaria de Erin.

La portada mostraba una fotografía a todo color de Erin acariciando al caballo ganador y a él a su lado, sonriéndole. El sombrero que llevaba ella tapaba parte de su rostro; ¿acaso había intentado ocultarse de los fotógrafos?

Los titulares decían: *Nueva pareja: la famosa escritora Erin Lavelle y Peter Ramsey.*

Si era famosa, sería para los demás, ya que él no se había interesado por los cuentos ni siquiera de niño.

En el periódico decían que no era muy habitual verla en actos sociales... aquello podría explicar su reticencia a contarle más cosas sobre ella misma, pero ¿por qué lo hacía?

Una vez de vuelta en su ático, Peter leyó más detenidamente el contenido del reportaje. Su primer libro había sido un éxito arrollador y también lo fueron los siguientes. Sin embargo, la escritora siempre quiso mantener su vida privada a salvo de las indiscretas miradas del público y la prensa. Según decía, sus cuentos hablaban por ella.

A continuación, relataban los cotilleos habituales sobre él, las mujeres con las que se había relacionado, etc. Según el periodista, sólo su riqueza había podido convencer a Erin Lavelle de que se dejara ver en público, lo cual Peter consideró ridículo, ya que ella seguramente poseía una fortuna considerable. Lo más probable era que ella no pensara que fuera a haber tanto revuelo por ir a las carreras.

Sintiendo la necesidad de conocer más datos sobre ella, Peter encendió el ordenador y buscó su nombre en Internet. No tenía página web, pero descubrió que sus libros habían sido récord de ventas en varias ocasiones. Su editor era el que explotaba esta fama, Erin había preferido permanecer en la sombra.

Seguramente no le iba a gustar aquel reportaje, lo cual era lógico, pero le dolía el hecho de que le hubiera ocultado su identidad a él también. Aquello sólo podía significar una cosa: le consideraba una aventura temporal.

La frustración se adueñó de él; quería respuestas y las quería en ese mismo momento. Subió las escaleras con el periódico en la mano furioso, dolido, decidido a obtener contestaciones a sus preguntas. Abrió la puerta del dormitorio de golpe, pero encontró la cama vacía; ¿acaso se habría marchado mientras él estaba fuera?

No, su ropa seguía en el suelo de la habitación, en el mismo sitio donde se habían desnudado al volver de las carreras, presos de una ardiente pasión. ¿Le querría sólo por el sexo?

–¡Erin! –preguntó con dureza. Pensó que debía calmarse ya que no conseguiría nada con esa actitud.

La puerta del cuarto de baño se abrió. Ella entró en el dormitorio envuelta en una toalla, mojada aún y dedicándole una sonrisa luminosa.

–¡Hola! Me estaba secando. Me desperté y vi que habías salido, así que me he dado una ducha. ¿Has comprado el periódico? –preguntó mirando lo que llevaba en la mano.

Peter sintió una oleada de deseo; quería llevarla otra vez a la cama y dejar a un lado toda aquella historia, pero se recompuso. ¿Hasta cuándo le seguiría mintiendo?

–Ha llamado mi madre y me ha dicho que nos invita a comer –dijo, esperando ver la reacción de ella.

–¿Tu madre? –preguntó sorprendida–. ¿Le has hablado de mí?

Peter lanzó a la cama el periódico:

–¡Ha visto esto!

Erin notó que estaba furioso y sintió que se le encogía el corazón. Supo que algo iba mal antes incluso de ver la fotografía. Entonces, se dio cuenta de que el maravilloso idilio con Peter Ramsey había llegado a su fin.

A él no le agradaba que fuera una escritora famosa. No le gustaba que fuera el centro de atención de la prensa, porque estaba acostumbrado a ser siempre él el protagonista.

Eso siempre le pasaba con los hombre. Fingían que no era así, pero despúes siempre ocurría lo mismo.

Pensó que Peter Ramsey no era una excepción a pesar de todos sus millones.

–Creo que te gustaba más la historia de Cenicienta.

–No especialmente –contestó él duramente–. Lo que prefiero es la sinceridad.

–Tú empezaste este juego, Peter –le recordó.

Los ojos de Peter brillaron con resentimiento:

–Sabías perfectamente con quién estabas, Erin. Yo no oculté en ningún momento mi identidad.

–¿Y quién conoce realmente a nadie? –murmuró ella con desprecio.

Siempre había algo oculto, algo que salía a la luz cuando cualquier factor lo desencadenaba.

Erin tenía experiencia con hombres que no soportaban verse eclipsados por su fama.

Se volvió a recoger su ropa y el bolso. De repente, recordó la invitación de su madre:

–Me apuesto lo que quieras a que tu madre no habría querido conocerme si no hubiera sido una escritora famosa –dijo mirando a Peter, quien la escuchaba con rabia, pero sin respuesta, pues sabía que tenía razón.

Con toda la ropa en la mano se dirigió al baño, deseosa de alejarse de aquel ambiente de tensión.

–¡Erin, deberías habérmelo dicho! –exclamó él.

Ella le miró desde la puerta y contestó a su desafío:

–Eso habría cambiado tu opinión sobre mí, como ha pasado ahora.

–Al ocultarme información sobre ti, me he hecho una idea falsa. ¿Por qué no te mostraste tal cual eres?

–Porque, de una manera o de otra, ha estropeado todas mis relaciones –sus ojos parecieron burlarse de su falta de comprensión–. Peter, no voy al zoo porque odio ser un mono de feria, y eso es precisamente lo que quiere tu madre.

–¡Eso no es cierto! Mi madre habría respetado los límites que tú hubieras puesto.

–Entonces, espero que tú hagas lo mismo, porque los estoy poniendo entre nosotros.

Entró al baño rápidamente y cerró la puerta tras de sí. Odiaba ser una escritora famosa, lo odiaba con todas sus fuerzas. Sin embargo, era demasiado tarde para retroceder en el tiempo y además amaba su trabajo, le encantaba desarrollar su imaginación y dar forma a las ideas hasta escribir una historia. Era una parte muy importante de ella.

Pero estaba la otra parte, la niña solitaria que deseaba que alguien la mimara y la quisiera. La escritora había crecido con eso, inventándose las historias que deseaba que sucedieran en la realidad. Pero aquello nunca había ocurrido ni ocurriría con Peter Ramsey.

Aceptando con gran dolor lo inevitable, Erin reunió fuerzas y se vistió, metiendo la ropa del día anterior en el bolso. De pronto, se cayó al suelo la libreta donde había apuntado su maravillosa idea sobre los Caballos de Mirrima y pensó que aquello la distraería durante varios meses, consiguiendo recomponer su roto corazón.

Respiró profundamente y salió para enfrentarse con Peter por última vez. «Hazlo rápido», pensó. «Mantén la dignidad, no llores y no discutas más con él. Se acabó».

Pero él no estaba en la habitación.

¿Dónde estaría?

Miró hacia la terraza con el corazón en un puño. ¡Estaba allí! Quizá recordando lo que habían vivido un par de noches antes...

Aún llevaba puestos los pantalones de antes y se encontraba de espaldas, mirando al mar y agarrado a la barandilla con ambas manos; todo su cuerpo estaba en tensión.

Erin cerró los ojos al recordar los bellos momentos juntos y la pasión que habían experimentado; sintió que su sexo se humedecía al pensar en ello. Nunca podría olvidar a ese hombre. Lo que habían compartido había sido muy especial.

¿Y si saliera y le tocara como había hecho aquella noche? ¿Se olvidaría él de su fama?

«Deja de fantasear», pensó fríamente. Nada volvería a ser lo mismo.

Con un suspiro de desolación, abrió los ojos. Peter no se había movido. ¿Quizá le estaría dando la espalda para decirle que se fuera?

Probablemente, era lo mejor que podía hacer, pero no podía sin decirle adiós. Peter se merecía esa muestra de agradecimiento. Era un buen hombre, simplemente no se acostumbraba a que una mujer le robara el protagonismo.

Avanzó hacia él y se detuvo a una distancia prudencial.

—Peter... —le dijo suavemente esperando que se le hubiera pasado el enfado.

Él se volvió lentamente, apoyándose contra la barandilla y cruzando los brazos. Demostraba tal orgullo que toda la atracción que sentía por ella parecía haber desaparecido. De hecho, su mirada provocó un escalofrío a Erin.

—Lo de la fiesta del viernes también era mentira, ¿no? —preguntó irónicamente.

—Sí —admitió—. Me propuse vestirme para aparecer ante ti tan atractiva como pudiera, pero aquello no pareció gustarte e inventé una excusa.

Él asintió con la cabeza, como si ella hubiera simplemente confirmado lo que él ya sabía.

—Querías jugar conmigo.

Erin frunció el ceño.

—Quería gustar al hombre al que conocí en el

parque porque me parecía muy atractivo. En ningún momento me propuse jugar contigo.

–Ni siquiera le das una oportunidad a una relación de verdad –se burló acusador–. Estás poniendo límites porque ya no se trata de un juego.

–Aproveché la oportunidad que me diste, Peter, porque en el fondo deseaba que fuera verdad.

Él sacudió la cabeza:

–No se puede construir nada verdadero basado en el engaño. Cada vez que intentaba avanzar hacia ti, me apartabas.

Aquel comentario podría ser justo desde el punto de vista de Peter, pero Erin sabía bien por qué se había comportado así.

–Intentaba conservar lo que teníamos. Sólo un hombre y una mujer. No el millonario y la escritora.

–Pero siempre pensando que la historia tenía su final –cortó él–. No confiaste en que yo pudiera encajar en tu mundo.

–Esperaba que lo hicieras –contestó en voz baja, sintiendo el dolor que le producía pensar que ya nunca lo conseguiría. Por un lado, él la acusaba de haberle engañado, pero por otro no era lo bastante maduro como para admitir todo lo que su fama como escritora conllevaba.

Él la miró, transmitiendo incredulidad con su mirada. Erin se dio por vencida haciendo un gesto de abandono con la mano.

–Siento que hayas imaginado algo diferente,

Peter. Sólo quería agradecerte todo lo que me has dado.

Él apretó los labios con rabia.

—Adiós —dijo Erin y se volvió rápidamente con deseos de echar a correr tan velozmente que se perdiera por el camino todo el dolor que sentía.

Deseaba que Peter la dejara ir sin decirle nada. Y lo hizo.

Peter Ramsey se sentía utilizado por ella y odiaba con todas sus fuerzas aquella sensación. Erin odiaba que él se sintiera así, había querido al hombre que la había amado con tanta pasión. Pero no se podían cambiar las cosas y la fantasía había terminado.

Capítulo 9

PETER sentía que Erin había estado jugando con él. Estaba claro, tan pronto como la situación dejó de convenirle, ella no tuvo ningún reparo en decirle adiós.

Lo que más le indignaba era que, de no haber estado tan obnubilado con ella, se habría dado cuenta de su estrategia desde el principio. Erin se había vestido para el baile del viernes por la noche y no había dudado ni un momento en acompañarle a su castillo. Hasta su silencio en el coche, cuando se dirigían a su casa, debería haberle dado a entender que no necesitaba que le siguiera dando conversación, ya que había conseguido lo que quería de él.

Y en cuanto al sexo... Todo el placer que ella le había proporcionado se veía eclipsado por el pensamiento de que su único interés había sido una relación física y siguiendo sus reglas.

Su ataque de orgullo al rechazar la ropa que estaba dispuesto a regalarle con la advertencia «No soy de tu propiedad, Peter», su ensimismamiento en las carreras de caballos... Todo había sido como ella había deseado.

Pero el juego había terminado.

Ella había cerrado la puerta tras de sí y Peter no estaba dispuesto a hacerla cambiar de opinión. En toda su vida nadie le había hecho sentir tan insignificante.

Esperó hasta que ella salió del bloque de apartamentos; se vistió para ir al gimnasio ya que necesitaba descargar toda aquella energía negativa que guardaba.

Dos horas después, Peter salía del gimnasio y oyó sonar su móvil. Vio el número de su madre en la pantalla y de repente recordó la invitación a almorzar. Descolgó el teléfono y le ofreció una disculpa:

–Lo siento, mamá. Debería haberte avisado antes. No podemos ir hoy a comer, Erin tiene otro compromiso.

–¡Oh! –su madre suspiró decepcionada–. Tenía tantas ganas de conocerla… ¿Podemos quedar otro día?

Él hizo un gesto de fastidio ante la sugerencia, aunque probablemente debería haber imaginado que su madre insistiría:

–Me temo que no. Hemos discutido esta mañana y todo ha terminado entre nosotros –contestó lacónicamente, deseando que su madre dejara el tema.

–¡Oh, querido! Justo cuando pensaba que habías encontrado a una chica realmente agradable... Sus cuentos son tan bellos... –se lamentó su madre–. Y también la forma en que están narrados e ilustrados. Tiene una gran inteligencia. Debes de haberte sentido muy atraído por ella, Peter, porque además es muy guapa. ¿Por qué demonios has tenido que dejarla marchar?

–Mamá, me ha dejado ella a mí, ¿de acuerdo? –contestó él, sintiendo que necesitaba desahogarse.

–¿Por qué? ¿Qué le has hecho?

¡Como si fuera culpa suya!

Peter se mordió la lengua y contestó:

–Dejemos el tema, de verdad.

–¿Acaso fue la prensa? ¿No pensó que salir contigo atraería a todos los periodistas?

Peter llegó al coche:

–Mamá, no quiero seguir hablando de esto. Adiós.

Colgó el teléfono, lo metió en el bolsillo de la camisa y entró en el coche. Decidió que no le apetecía ir al apartamento, donde todo le recordaría a los maravillosos momentos vividos con Erin, así que pensó que sería buena idea dirigirse al club náutico.

Durante las semanas siguientes, Peter se volcó en sus negocios y su vida social, concentrando todas sus energías en olvidar a Erin Lavelle. Cuando le preguntaban por su romance, se limitaba a contestar que la había llevado a las carreras porque deseaba saber del tema. Fin de la historia.

Se trataba de una mentira que le servía de protección. Pero no se sentía cómodo diciéndola. Especialmente sabiendo que no podía apartarla de su pensamiento. No le atraía ni deseaba a ninguna otra mujer. El comentario de su madre acerca de que Erin era guapa además de inteligente le hizo pensar en las cosas que le gustaban de Erin y preguntarse si quizá se habría equivocado al enfadarse porque ella le había ocultado su identidad. Al fin y al cabo, él también había estado reticente a revelar quién era en un principio.

Erin estaba sentada ante su escritorio, frente a la pantalla apagada del ordenador. No tenía sentido encenderlo ya que aquel día se sentía incapaz de emprender su trabajo. Así que no sabía qué hacía allí sentada. Probablemente, porque era el lugar donde más cómoda se encontraba. Sin embargo, una palabra ocupaba su mente y la hacía olvidar todo lo demás.

Embarazada.

Aquella noticia la había trastornado por completo. No había reconocido los síntomas; no sabía nada sobre embarazos. Durante aquellas semanas, no había conseguido dormir bien, pensando todo el tiempo en Peter Ramsey. Y comía mucho, sobre todo, comida precocinada. Por las mañanas, se mareaba.

Le parecía razonable que la píldora que tomaba le hubiera producido un desarreglo, pero aun así, decidió ir al médico para quedarse tranquila.

Embarazada. Iba a ser madre. Y el padre era Peter Ramsey.

La píldora anticonceptiva podría ser fiable en un noventa y nueve por ciento de las veces, pero Peter Ramsey había conseguido burlar el uno por ciento en dos noches de intensa actividad sexual. O quizá su propio cuerpo había sido el culpable, no queriendo poner barreras a aquello tan extraordinario que habían vivido ambos.

Sin embargo, una fantástica conexión sexual no era suficiente para que una relación funcionase. Él no estaba dispuesto a dejar de ser protagonista; ella habría permanecido en la sombra gustosamente durante el resto de su vida. Su reticencia a salir en los medios de comunicación era lo que la hacía tan interesante para todos los periodistas. Pero, si estaba con él, aquello no terminaría nunca.

Pero tenía un problema aún más grave. Ahora debía enfrentarse a aquel embarazo. Seguro que él no creería que ella estaba tomando la píldora. Eso si se lo contaba.

¿Podría ocultárselo? Vivían en dos mundos tan distintos… Si todo transcurría con normalidad, no volverían a verse nunca. Pero alguien podría dar la voz de alarma y, entonces, perdería el control sobre aquello.

Entonces, si Peter ataba cabos, sabría que era el padre y lucharía con uñas y dientes por la custodia, lo que podría ser realmente muy desagradable. La acusaría de contar mentiras y más mentiras, y acabaría odiándola. Definitivamente, aquella idea no era la acertada.

Además, sabiendo los pensamientos de Peter hacia la paternidad, nunca se sentiría bien consigo misma si se lo ocultaba. No sería justo ni para él ni para el hijo o la hija que querría conocer a su padre.

Tendría que decírselo e intentar llegar a un acuerdo amistoso para el futuro. Esperaba que, al igual que ella, Peter dejara a un lado sus diferencias por el bien del niño. Evidentemente, no sería la situación ideal para criar a un hijo, pero si ambos ponían de su parte, podrían darle todo lo mejor.

Abrió con un gesto automático el cajón superior del escritorio y sacó la tarjeta de Peter Ramsey. La señora Harper la había dejado en el despacho de Sarah con desprecio y Erin la había recuperado.

Ahora la tenía en la mano, recordando lo confiado que parecía Peter del poder que ejercía su nombre sobre los demás. ¿Utilizaría ese poder contra ella?

Entonces pensó que el anuncio que debía hacerle podía esperar. Lo que tenía que hacer era cuidarse a ella misma y al niño, empezar a comer bien y dormir mejor. Quizá le vendría bien un poco de ejercicio. Iría caminando por la playa hasta el centro comercial. Quería comprar un libro sobre el embarazo, para aprender qué debía hacer y qué era lo mejor para el bebé.

Sí, aquello era lo primero.

Capítulo 10

Siete meses después...

Erin comprobó que todo estaba preparado: una jarra de agua helada en la nevera, vasos, la cafetera lista... Jane Emerson, su agente, no bebía otra cosa. Té marca Earl Grey para Richard Long, su editor, y una bandeja de galletas surtidas. El cuarto de estar estaba ordenado y las cortinas estaban descorridas para que se pudiera admirar la vista a Byron Bay, su arena blanca y el agua azul turquesa.

Había comprado aquella casa cuatro años antes; se trataba de un lugar idóneo para ella y su trabajo, alejado del jaleo de la ciudad. Numerosos productores de cine animado insistían en visitarla para que les asesorara sobre la mejor manera de llevar su historia a la gran pantalla, pero ella no les hacía caso. A sus ocho meses de embarazo, deseaba mantener su estado lo más en secreto posible.

La publicidad podría hacerse más adelante, cuando todo estuviera firmado. Sin duda, su editor y agente tomarían las decisiones adecuadas al respecto, dado que aquello impulsaría aun más las ventas de sus libros, teniendo detrás una película creada por el afamado director australiano Zack Freeman. Por lo que parecía, entonces se dedicaba a las películas de dibujos animados. Erin estaba deseando conocerlo para enterarse de qué pensaba hacer con su historia.

Se oyeron varios coches parando justo en frente de su casa. Era la hora a la que debían llegar sus invitados, por lo que Erin respiró profundamente y, tratando de olvidar lo torpe que se sentía con su abultado vientre, abrió la puerta.

Richard y Jane se bajaron de un taxi. Erin miró hacia el segundo coche, un Mercedes blanco. Un hombre alto y moreno salió del asiento del copiloto. Entonces, otro hombre se apeó del vehículo: un hombre más alto que el anterior, con cabello rubio oscuro y unas anchas espaldas. Cuando se volvió hacia la casa, Erin no podía creer lo que veía: ¡Peter Ramsey!

Sintió un tumulto de emociones por su mente, en su estómago, en su corazón. Durante todo el embarazo, había luchado por mantenerle al margen. Pero estaba allí, a punto de descubrir todo. La odiaría por aquello, la acusaría de las cosas más terribles... ¡No!

Casi sin darse cuenta, se escondió dentro de la casa. Sentía la necesidad imperiosa de ocultarse, de evitar a toda costa aquella reunión. Se encontraba sin aliento, agitada, un fuerte dolor se estaba instalando en su espalda.

Aquella frenética actividad no era buena para ella ni para el bebé. Apoyó la cabeza contra la pared y se obligó a calmarse. Un atisbo de cordura le hizo ver que huir no era la solución ideal. Se trataba de una importante reunión de negocios y había muchos millones de dólares en juego. Richard y Jane habían viajado desde Inglaterra sólo para eso. Era imposible escapar.

–¿Erin? –la llamó Jane.

Se había dejado la puerta de la entrada abierta. No había escapatoria.

Escuchó partes de la conversación mantenida por sus invitados en la puerta de su casa. Entonces, la llamó Richard:

–Erin, ¿estás ahí?

Ella tomó aliento para contestar:

–Sí, entrad.

El dolor iba desapareciendo, pero le costó mucho erguirse y poner la espalda recta. Jane precedía a los demás hacia el cuarto de estar, charlando animadamente y procurando compensar la falta de hospitalidad por parte de la dueña de la casa al no haberlos recibido en la entrada.

Se acercaba el momento. Erin respiró profundamente y se volvió.

Jane y Richard estaban en una nebulosa, así como Zack Freeman. Sus ojos se centraron instantáneamente en el padre de su bebé, quien parecía haberse quedado de piedra al verla.

–Erin, éste es Zack Freeman; él será el director creativo de la película –presentó Jane jovialmente–. Y este es Peter Ramsey, quien financiará los costes de producción. Caballeros, Erin Lavelle.

El director se aproximó ofreciéndole la mano. Erin permaneció inmóvil; desconocía que Peter formara parte del proyecto de la película. Él no podía dejar de mirar su vientre y después la miró a los ojos con una mirada tan glacial que parecía traspasarla.

–Vámonos, Zack –ordenó con una voz que no admitía protestas–. Esta reunión se aplaza hasta nuevo aviso.

–¿Qué?

–¿Por qué?

–Pero...

Hizo un gesto con la mano ante las protestas:

–Esperadme en el hotel –mientras decía esto, sacó unas llaves del bolsillo y se las entregó a Zack–. Id en mi coche.

Su mirada era tan intimidatoria que nadie se atrevió a replicar. Además, él era quien ponía el dinero, por lo que aquella tensa situación significaba que los planes estaban en peligro.

Richard se atrevió a preguntar:

–Erin, ¿estás de acuerdo?

–Sí, podéis iros –contestó, resignada al inevitable enfrentamiento.

Y se marcharon.

Peter no se movió y Erin tampoco.

Después de un tenso silencio, él preguntó:

–Es mío, ¿verdad?

No había ningún atisbo de duda en su voz ni

en su mirada. Tan sólo quería que ella le confir-
mara lo que ya sabía.

–Sí –respondió Erin.

Peter hizo una mueca de ironía:

–Así que aquella aventura conmigo tenía su
objetivo. ¿Debería sentirme halagado por haber
elegido mis genes para tu hijo?

Entonces, Erin se dio cuenta de que él asumía
que todo había sido premeditado.

–¡Fue un accidente!

–¿Me consideras tan tonto, Erin? –dijo él con
desprecio–. Mantuviste en secreto tu identidad,
me mentiste sobre tus métodos anticonceptivos...

–¡No te mentí sobre eso! –replicó ella–. Puedes preguntarle a mi médico por qué no funcio-
nó, porque yo no lo sé. La estaba tomando cuando fui a su consulta cinco semanas después de
verte por última vez.

–¡Cinco semanas! –se burló él–. Tuviste tiempo suficiente para contarme el «accidente» desde
entonces, ¿no? ¿Por qué te lo guardaste para ti?

–Porque... –su mente repasaba todas las razones por las que no se lo había dicho.

–Porque... –replicó él despiadadamente.

–No necesitaba tu... ayuda económica –contestó ella.

Peter le lanzó una mirada furiosa:

–El hecho de que puedas mantenerlo sin problemas no te da ningún derecho a ocultarme una
cosa así.

–Iba a contártelo, Peter –rogó ella.

–¿Cuándo?

–Cuando hubiera nacido. Cuando fuera un bebé de verdad.

–¿Un bebé de verdad? –su voz mostraba incredulidad–. ¿Tú crees que esto no es real? –dijo señalándole el vientre.

–Ha habido complicaciones –intentó explicar–. Estuve a punto de tener un aborto; guardé cama durante semanas, intentando por todos los medios salvar al bebé. Pero no era suficiente. El médico me diagnosticó diabetes gestacional y tuve que tener mucho cuidado con mi dieta. No me pareció necesario decírtelo hasta que... el niño hubiera nacido.

–Necesario... – pronunció esta palabra con desdén–. ¿Quién ha cuidado de ti cuando lo has necesitado? ¿No se te pasó por la cabeza que yo querría contribuir a que mi hijo naciera sano?

No, no lo había pensado. No conocía a ningún hombre al que le importaran aquellas cosas. Normalmente, las mujeres eran las que cuidaban de los demás. Pero quizá él se refería a una ayuda que ya había previsto:

–Contraté a una enfermera.

–Así que compartiste con una extraña lo que deberías haber compartido conmigo –repuso él con desprecio.

Erin le miró impotente, incapaz de ofrecerle más explicaciones. Simplemente, no se había planteado que él se preocuparía tanto por un bebé que aún no había nacido.

—Te lo iba a contar, Peter —respondió sin fuerzas, deseando que la creyera.

—¿De verdad? —sus ojos brillaban con cinismo—. Si no hubiera participado en este proyecto de la película manteniendo mi nombre en secreto hasta el último momento, podrías haberme ocultado todo esto el tiempo que hubieras querido.

Era inútil negarlo. Él no aceptaría ninguna excusa.

—¿Por qué lo hiciste? —preguntó Erin, sintiendo la necesidad de una explicación por parte de él.

—¿Por qué hice qué?

—Participar en el proyecto.

Peter resopló con desdén:

—Tuve la brillante idea de que podía forzar una situación en la que estuvieras obligada a sentarte a hablar conmigo e intentar recuperar aquello tan mágico que tuvimos cuando simplemente éramos un hombre y una mujer.

El aguijón de aquellas últimas palabras se clavó tan hondo en el corazón de Erin que se sonrojó.

—¿La culpa es lo que hace que te sonrojes, Erin? —se burló él.

Era tan frío, tan despreciativo... No tenía sentido, él no había aceptado que ella fuera una escritora de éxito. ¿Acaso era una cuestión de ego? ¿Sería la primera mujer que le había rechazado? ¿Pensaría que podría obligarla a aceptarlo de nuevo con sus condiciones?

—Se te da muy bien manipular... ¿De verdad has hecho todo esto para conseguirme, Peter?

–Sí, es totalmente cierto –contestó, dolido por aquel ataque a su integridad.

–¿Pensabas que todo tu dinero, toda esta parafernalia, me harían cambiar de opinión?

–¿Después de que rechazaras la ropa que quise regalarte? –contestó él con desprecio–. No soy tan idiota.

–No sé por qué haces todo esto –gritó Erin, sin entender la razón de que quisiera darle más fama y dinero al financiar su película.

–Ahora eso carece de importancia –dijo él suavemente–. Sólo hay una cosa que debes comprender, Erin.

Avanzó hacia ella y Erin sintió temor ante aquella rabia que demostraba. Un latigazo de dolor sacudió su espalda, pero se obligó a mantenerse erguida a pesar del temblor de sus piernas.

Él extendió la mano y tocó el vientre con ademán posesivo.

–No me vas a apartar nunca más de la vida de este niño –dijo con decisión.

Erin no podía luchar contra él, ni tampoco quería hacerlo. Él tenía derecho a conocer a su hijo, pero no podía soportar que él pensara que quería mantenerlo al margen. No era cierto, nunca habría hecho algo así. Pero, ¿cómo podría hacer que la creyera?

La intensa actividad de su cerebro le proporcionó una manera de demostrárselo:

–Iba a decírtelo, Peter. Y te lo enseñaré –le aseguró dirigiéndose hacia su despacho.

–¿Enseñarme qué?

Ella no contestó. Pensaba para sus adentros: «Ver es creer». Abrió la puerta del despacho y se encaminó a su escritorio.

–¡Dios mío! ¿Estabas pensando en esto aquel día en las carreras?

Peter observaba los dibujos de los caballos voladores, realizados por el ilustrador del libro de Erin. Se encontraban colgados de las paredes y le habían servido de inspiración mientras escribía el cuento.

–Sí. Los míticos caballos de Mirrima –contestó ella distraídamente.

–¿Escribiste un cuento mientras estabas tan preocupada por tu embarazo?

Aquel tono crítico en su voz sugería que las complicaciones de las que le había hablado eran falsas, así como todo lo demás.

–Esto me hacía olvidar todo lo demás.

–Como el hecho de ocultármelo.

–¡Iba a contártelo! –exclamó Erin casi gritando.

Él se encontraba de pie junto a la puerta, amenazante, y Erin pensó que debía convencerle si quería evitar un futuro enfrentamiento abierto entre ambos.

–¡Mira! –gritó sacando del cajón la tarjeta de Peter, aquella que había tenido en la mano tantas veces preguntándose si debía llamarle o no–. La guardé. ¿Por qué crees que la tendría tan a mano si no fuera a llamarte?

La dura mirada de él se ablandó por un instante mientras miraba la tarjeta, pero se endureció de nuevo.

—¡Por el amor de Dios, Peter! Me contaste lo que significaba para ti la paternidad. ¿Cómo podría habértelo negado?

Él volvió a mirarla a la cara, no tan enfadado como antes, pero sí escéptico.

—¿Recuerdas nuestra conversación sobre los Harper? —preguntó ella suplicante.

—Recuerdo que tú me dijiste que sólo tendrías un hijo en el seno de un matrimonio —contestó él fríamente.

—¿Y eso no sirve para que creas que fue un accidente? No te utilicé, Peter. No planeé nada. He intentado seguir con mi vida hasta que...

Y, de nuevo, aquel dolor, sólo que más fuerte... Erin se dobló intentando contenerlo.

—¿Erin?

No podía responderle. Su mente se concentraba en respirar en rápidos jadeos para aliviar la agonía. Entonces, horrorizada, vio cómo un líquido tibio empapaba su ropa interior y se escurría por sus piernas.

—¡Oh, no! ¡No! —gimió.

—¿Qué pasa?

Alzó la cabeza.

Peter se apresuraba a ayudarla con gesto de preocupación.

—El bebé... está en camino.

Capítulo 11

UN temor completamente distinto se adueñó de Erin mientras Peter la ayudaba a sentarse: temor por el bebé. Algo iba mal si nacía un mes antes de lo previsto. Se abrazó el vientre con los brazos con ademán protector, meciéndose en agonía con la esperanza de que estuviera sano.

–Intenta tranquilizarte. El pánico no ayudará –le aconsejó Peter–. Dime el nombre de tu médico y yo me ocuparé de todo.

–Davis –señaló al teléfono que se encontraba sobre la mesa–. Pulsa seis para cirugía.

En cuestión de segundos, Peter tomó las riendas de la situación.

–Soy Peter Ramsey, llamo en nombre de Erin Lavelle. Necesito que me pasen con el doctor Davis urgentemente. Es una emergencia.

Un momento de silencio y, a continuación:

–Sí, soy Peter Ramsey. Estoy con Erin Lavelle. Ha roto aguas y tiene dolores de parto. ¿Podría enviar una ambulancia a su casa de Ocean Drive 14 y acudir al hospital, por favor?

Otro silencio.

El fuerte dolor había cesado, dando paso a pinchazos sordos.

–Gracias –dijo Peter, quien obviamente había obtenido una respuesta favorable. Colgó el teléfono y centró su atención en ella. Dándose cuenta de que estaba preocupada por algo más, preguntó:

–¿Me he perdido algo?

–Vas a convertir este nacimiento en un circo si continúas anunciando tu nombre a los cuatro vientos.

Sus ojos brillaron ante la protesta de ella:

–Debes ir acostumbrándote a esto, Erin, pues vas a pertenecer al zoo Ramsey durante bastante tiempo a partir de ahora. Y, sinceramente, me importa un bledo tu intento de mantener todo esto en secreto; lo más importante ahora es el niño y voy a solicitar una asistencia médica de primera.

Ella estaba agradecida de que él hubiera centrado sus esfuerzos en ella y el niño, de que estuviera allí, ayudándola...

–Lo siento. Simplemente, me parecía innecesario. Estoy un poco aturdida...

–No te preocupes por eso –dijo con dulzura–. Sólo déjame que me ocupe de todo. ¿Crees que deberías cambiarte de ropa o prefieres no moverte?

–Tengo miedo de moverme.

–De acuerdo. Haré que traigan una camilla.

–Tengo una maleta preparada para el hospital. Está en mi dormitorio, siguiendo el pasillo a la derecha.

–La dejaré en la entrada. ¿Te importa que salga un momento?

–No, no me importa.

Sin embargo, justo cuando él salió, el intenso dolor volvió. Erin se levantó de la silla y se apoyó contra la mesa. Se sentía mejor de pie que sentada. Peter volvió y le acarició el pelo.

–La ambulancia no tardará en llegar –murmuró.

Los ojos de Erin se llenaron de lágrimas; apenas podía hablar. De repente, pensó que si hubiera sabido lo de su embarazo, habría cuidado de ella. Para ella su independencia era muy importante, pero también se había sentido muy sola y se alegraba de que Peter estuviera con ella en ese momento.

Él permaneció a su lado en todo momento; en la ambulancia, en el hospital, en el paritorio. Nadie puso en duda su derecho a estar allí. Las enfermeras le hacían caso en todo, contestando rápidamente todo lo que preguntaba. El doctor Davis también lo trataba con deferencia mientras monitorizaba a Erin, asegurándose de que el parto transcurría con normalidad.

A Erin no se le pasó por la cabeza protestar por su presencia. Aunque él no se había identificado como el padre de la criatura, no había duda de que lo era; además, ella deseaba que estuviera presente en el parto. Independientemente de sus diferencias, ambos habían engendrado aquel niño y sentía que tenía derecho de llegar al mundo ante ambos.

Las contracciones se repetían cada vez más frecuentemente. Erin apenas tenía tiempo de recuperar el aliento entre las oleadas de dolor. Peter estaba sentado a su lado, observando ansiosamente, apretándole la mano y recordándole las instrucciones del médico.

Erin no intentaba hablar. Había decidido que fuera un parto natural ya que no sabía si tendría más hijos y deseaba vivir aquel parto en toda su intensidad. Estaba totalmente concentrada en conseguir que su hijo naciera sano y salvo. De repente, sintió la necesidad de empujar.

–No demasiado fuerte, Erin –ordenó el doctor–. Empuja despacio si puedes. Eso es, muy bien, ya tengo la cabeza...

Ella sintió una oleada de alivio y oyó llorar a su hijo. Sus ojos se inundaron de lágrimas.

–Ya ha terminado –murmuró Peter dulcemente secándole el sudor de las mejillas.

–Tienes un niño muy sano –anunció el médico–. Y, a pesar de nacer con un mes de antelación, tiene un peso normal, Erin. No tienes nada de qué preocuparte.

Aquella frase hizo que Erin sintiera más deseos de llorar. Había estado tan preocupada durante tanto tiempo... pero su bebé estaba bien y Peter Ramsey estaba allí. Y no podía estar enfadado, al fin y al cabo, le había dado un hijo, ¿no? No parecía estar disgustado, trataba de calmarla y la mimaba con dulces palabras.

–Ya ha pasado todo, Erin. Lo has hecho muy bien y el niño está bien. Te lo traeré.

El doctor Davis cortó el cordón umbilical y le entregó el niño a Peter. En cuanto lo lavemos, dejaremos a la nueva familia sola.

La nueva familia...

«Unidos para el resto de nuestras vidas», pensó Erin mirando a Peter mientras éste observaba al niño.

–Es tan pequeño…

–Ya crecerá –señaló el doctor Davis–. Mide bastante. Será un chico alto.

Peter sonrió abiertamente. «Tan alto como yo», parecía pensar. Erin temió que su sentimiento de posesión aumentara al ser padre. Extendió los brazos para tomar al niño.

Los ojos de Peter brillaban de felicidad mientras dejaba cuidadosamente el bebé en brazos de su madre.

Erin sintió amor por encima de cualquier otra sensación ante aquel bebé. A pesar de su problemático embarazo, al fin había dado a luz una personita sana, su propio hijo.

Peter volvió a sentarse y señaló:

–Es rubio. El hijo de Charlotte es moreno como Damian.

«Su hijo era un auténtico Ramsey», pensó.

Erin intentó contener sus miedos y le dijo:

–A los bebés se les suele caer el pelo, Peter. No hay forma de saber de qué color será cuando crezcan.

Pero nada parecía alterar su buen humor.

Erin suspiró aliviada. Quizá sus temores eran infundados y Peter no iniciaría una lucha legal por su hijo. Decidió relajarse y disfrutar de su maternidad.

El doctor Davis terminó de dar indicaciones a las enfermeras y le comentó a Erin que todo había ido bien. Después, habló con Peter y le dijo que Erin y el niño serían trasladados a una habitación individual donde se les proporcionaría todo aquello que fuera necesario.

Erin miró el reloj de la pared y se dio cuenta de que sólo marcaba la una de la tarde. Había sido un parto rápido aunque no se lo hubiera parecido. Miró a Peter, quien había vuelto a sentarse a su lado.

–Gracias por todo lo que has hecho.

–Es lo menos que podía hacer en estas circunstancias –respondió él con una pizca de ironía.

Por un momento, Erin olvidó aquel guerrero indomable y recordó al príncipe al rescate.

–Me alegro de que estuvieras aquí.

–Habría estado contigo todo el tiempo si me hubieras dejado, Erin –replicó.

–Lo siento.

–Ahora no importa. Estamos aquí con nuestro hijo y eso es lo importante –contestó él con determinación.

–Sí –asintió Erin.

–¿Has pensado algún nombre?

–Me gusta Jack.

–Jack... Jack Ramsey. Suena bien. A mí también me gusta.

Erin apretó las mandíbulas. Tenía que parar aquello. Sus ojos brillaron con decisión al decir:

–Se llamará Jack Lavelle.

Toda la dulzura desapareció de la mirada de Peter, quien contestó resuelto:

–Dijiste que el embarazo había sido un accidente. ¿Era verdad?

–Sí.

–¿Decías también la verdad cuando afirmabas que un niño debía crecer en el seno de una familia sólida?

–Sí. Pero esto no estaba previsto, Peter. Sólo sé que no es la situación ideal de la que hablamos. No puedo evitarlo. Espero que...

–Sí, sí puedes evitarlo –interrumpió él con la mirada fija en la suya–. Puedes evitar que nuestro hijo tenga todo lo que debería recibir de su madre y su padre.

–Pondré todo lo que esté en mi mano para llegar a un acuerdo justo contigo.

–¿Qué es lo que propones? –le retó él–. ¿Estarías dispuesta a acceder a casarte conmigo?

Aquella propuesta totalmente inesperada la dejó sin palabras. Ella le miró, dándose cuenta de que él estaba decidido y que nada podría pararle.

Casarse... ¡con Peter Ramsey!

Era ridículo y pasado de moda casarse por el bien de un niño, la gente había dejado de hacer eso desde hacía mucho tiempo. No había ninguna necesidad y menos en su país, donde el gobierno proporcionaba ayudas a las madres solteras con dificultades económicas. Además, Peter sabía que ella no tenía problemas de dinero. Pero él no hablaba de eso. Su objetivo era garantizar la seguridad emocional de su hijo formando una unidad familiar para él.

—Es imposible que desees casarte conmigo —exclamó ella, pensando que las dificultades de los progenitores no solían crear un hogar ideal para un niño.

—¿Por qué no?

—Sigues acusándome de mentir. Si hay un problema tan grave de falta de confianza entre nosotros... Tú estarías todo el tiempo desconfiando de mí y yo me vería en la necesidad de justificar todo lo que hiciera o dijera. Eso no funcionaría y no sería bueno para el niño.

—Si tú aprendieras a ser más sincera conmigo, no tendríamos ese problema, ¿verdad? El silencio es lo que provoca la desconfianza, así como el hecho de ocultar cosas que no tendrían por qué ser ocultadas. Sé franca conmigo, Erin. Es tan simple como eso.

Ella recordó que Peter no había asumido que ella fuera el centro de atención cuando los periodistas los sorprendieron en las carreras.

–No es tan simple, Peter –dijo con desesperación.

–Sí, lo es –insistió él–. Y no puedes decir que seamos sexualmente incompatibles. Eso contaría muchos puntos para nuestro matrimonio.

Erin pensó que quizá él se basara solamente en la conexión sexual que habían tenido. Pero, ¿cuánto tiempo duraría aquello? ¿Cuánto tardaría él en recordar lo que había pasado?

–¿De verdad te imaginas una vida feliz a mi lado, al lado de una escritora famosa cuya imaginación hace que se olvide en ocasiones de todo lo que tiene alrededor?

–Nunca pretendería que dejaras de hacer lo que haces, Erin –le aseguró, sin pararse a pensar–. Tienes un talento especial y consideraría un crimen ponerle limitaciones. Contrataremos a una niñera si es necesario...

–No es para tanto –le cortó. No estaba refiriéndose a su propio hijo–. No dejaría de cuidar a Jack bajo ninguna circunstancia.

–De todas formas. Es mejor que yo esté también a su lado para estar pendiente de él mientras tú das rienda suelta a tu imaginación. Así funciona un equipo –respondió él con satisfacción, sin parecer preocupado por su necesidad de tiempo y espacio.

–¿Y qué me dirás cuando la prensa se centre en mí y no en ti? –se burló Erin, sin poder creer que su ego soportara aquel golpe.

Él frunció el ceño como si no entendiera lo que quería decir.

–Puedes darte toda la publicidad que quieras. Aunque tengo que decirte que, cuando te cases conmigo, será aún mayor. Es inevitable. Puedo protegerte a ti y al niño hasta cierto punto, pero cada vez que aparezcamos juntos en público...

–¡Oh, vamos! –exclamó Erin, exasperada–. A ti no te gusta que otro sea el protagonista. Todos los hombres con los que he estado se sentían molestos por ello tarde o temprano y tú no serás la excepción, Peter Ramsey. Cuando viste en aquel periódico que yo era el centro de atención, no pudiste soportarlo.

–Lo que me molestó fue que me engañaras sobre tu identidad –replicó fieramente–. No me importaría si no volviera a salir en los titulares de los periódicos nunca más. Te aseguro que eso no va conmigo.

Aquella respuesta tan vehemente desbarató la teoría de Erin. ¿Acaso había interpretado mal su reacción ante el titular de aquel periódico? Sintiéndose totalmente confusa, guardó silencio y reflexionó sobre lo que había ocurrido entre ellos, intentando considerar la situación desde el punto de vista de él.

–Siento haber levantado la voz –murmuró Peter, dirigiendo una mirada de preocupación a su hijo, quien, notando la tensión del ambiente, hizo una mueca de disgusto y comenzó a llorar.

–Tranquilo –contestó Erin, acariciando suavemente la mejilla de su bebé–. Mamá está contigo.

–Y papá también –las palabras de Peter eran sin duda una declaración de guerra. No estaba dispuesto a verse apartado de sus vidas.

Jack suspiró y volvió a calmarse.

–Es mi hijo y heredero –afirmó Peter, dirigiendo una intensa mirada a Erin–. No puede crecer en un entorno sin protección. La vida con los Ramsey será mucho más cómoda. De hecho, es la única manera de proporcionarle seguridad en todos los sentidos.

El heredero de su fortuna... Erin no había pensado ese tipo de vida para su hijo. Pero al fin y al cabo, Peter había nacido y crecido en ese ambiente.

–Nadie tiene por qué saberlo –dijo impulsivamente–. Si su nombre es Jack Lavelle...

–No ocultaré la existencia de mi hijo –contestó cortante.

–Puede que le convenga tener la oportunidad de vivir una vida normal –rogó Erin.

–Que no se te pase por la cabeza que no reclamaré el derecho de estar con mi hijo.

Él tenía razón. No era de esa clase de hombres. La sensación de estar atrapada se hacía cada vez más fuerte. El poder de la familia Ramsey le recordó de repente en qué situación se habían conocido: el niño, Thomas, y el problema de su custodia.

–¿Qué ocurrió con Dave Harper?

–Eso no viene al caso ahora –respondió él.

–Me gustaría saberlo.

Sus insistencia hizo que Peter se tensara. No quería que la conversación siguiera esos derroteros, pero ella estaba determinada a recibir una respuesta.

–No tiene nada que ver con nuestra situación, Erin –contestó con voz cortante.

–Quiero saberlo –repitió ella, rechazando de plano ignorar aquel detalle tan importante para ella.

–¡Muy bien! –cedió él–. Hice que Dave Harper consiguiera un trabajo de vendedor a comisión con horario flexible, de forma que pudiera estar con su hijo y cuidarle sin problemas. El juez que llevaba el caso le dio la custodia al padre, ya que la madre no le prestaba la debida atención al preferir su vida social y se demostró que era mentira lo que había dicho de Dave.

«Custodia, mentira...». La sensación de estar atrapada aumentaba en torno a Erin, quien temía cada vez más perder a su hijo.

La tensión del momento se interrumpió gracias a que varias enfermeras entraron en la habitación.

–Vamos a llevarlos a usted y a su bebé a su habitación, señorita Lavelle –anunció la matrona sonriendo abiertamente a Peter y a Erin–. Señor Ramsey, creo que debería saber que la prensa se ha enterado de que se encuentran aquí. Quizá sería tan amable de salir y hablar con los periodistas para apaciguar un poco el jaleo que han provocado...

Peter suspiró pesadamente y se puso en pie, haciéndose cargo de la situación.

–¿Es fiable el sistema de seguridad de la sección de maternidad?

–Nadie entrará sin mi autorización, señor Ramsey –le aseguró la matrona–. La señorita Lavelle debe descansar y me aseguraré de que así sea.

–Gracias –tomó la mano de Erin y la apretó suavemente–. El circo va a comenzar –dijo burlón–. Y soy feliz de que seas la estrella.

–No quiero, Peter –suplicó ella, temiendo lo que se le venía encima.

–Es inevitable.

–No tienes por qué decir nada a nadie –rogó.

–Eso sólo empeoraría las cosas. No dejarían de investigar hasta encontrar lo que buscan.

–¿Qué les vas a decir?

–La verdad. Lo bueno de decir la verdad es que no se vuelve contra ti, al contrario que ocultar las cosas –dijo con convicción. Entonces, sin importarle que hubiera más gente en la habitación, le preguntó– ¿Tengo tu consentimiento para anunciar que vamos a casarnos?

«No hay escapatoria..:».

Estaba atrapada.

Su mente se sumió en un torbellino de pensamientos, intentando discernir qué sería lo mejor. Al final, decidió que quizá el matrimonio era la mejor solución en aquel momento. Podrían intentarlo. Al fin y al cabo, Peter no podría obligarla a continuar casados si la cosa iba mal.

–Es lo mejor que podemos hacer, Erin.

Ella le miró a los ojos.

–Sí –la palabra salió de sus labios sin poder superar la sensación de vulnerabilidad.

Él asintió satisfecho.

–Ahora, descansa. Me aseguraré de preparar todo –se inclinó sobre su hijo y le besó en la frente–. Sé bueno.

Cuando salió de la habitación, Erin atisbó una pequeña esperanza. Quizá Peter Ramsey era su príncipe azul, después de todo. Aquella idea la reconfortó por primera vez en mucho tiempo.

La suerte estaba echada. Iban a casarse. Y Erin deseaba desesperadamente creer que serían felices para siempre.

Capítulo 12

TRAS dos meses de espera, tiempo en el que Erin se recuperó del nacimiento de Jack y se fue haciendo a la idea de que pronto abandonaría su solitaria vida para convertirse en una Ramsey, había llegado el día señalado. Aquella noche, se convertirían en marido y mujer. Volverían a compartir la cama después de tanto tiempo.

Peter había hecho todo lo posible para que ella no cambiara de idea con respecto a su matrimonio, manteniendo en todo momento el bienestar de su hijo como la principal razón para ello. El sexo, que había sido tan apasionado e inolvidable para ambos, era secundario. Sin embargo, una vez casados, estarían unidos para siempre en todos los sentidos.

–Pareces preocupado, Peter, ¿va todo bien con Erin?

Terminó de abrocharse el gemelo de la camisa y alzó la mirada hacia Damian, quien estaba a su lado ayudándole a prepararse para la ceremonia. Sería el padrino de su boda, al igual que él lo había sido en la boda de su hermana.

–¿Has notado algo raro? –preguntó, sabiendo lo astuto que era su amigo. Charlotte y él habían pasado mucho tiempo con Erin desde que volvieron de Londres para las fiestas navideñas y después para asistir a la boda. Les gustaba y pensaba que el sentimiento era mutuo.

–No, me refiero a que te noto tenso –respondió lacónicamente.

–He empujado a Erin a este matrimonio, igual que tú hiciste con Charlotte, y espero que funcione tan bien como en vuestro caso.

–Yo también lo espero. Es una mujer muy especial. Hiciste lo que tenías que hacer, Peter. No lo dudes. Estoy seguro de que llegarás al corazón de Erin, si no lo has conseguido ya –contestó Damian sinceramente.

–¿Qué te hace decir eso?

–Producir una película de *Los míticos caballos de Mirrima* demuestra que te interesa su trabajo y su maravillosa capacidad creativa. Demuestra que no estás celoso de su carrera literaria porque estás contribuyendo a ella. Y dejar que ella participe en el guión refleja que respetas su derecho a dar su opinión sobre la película.

Todo aquello mostraba lo astuto que era Damian.

–Para ti no tengo secretos –reconoció.

–Eres un maestro de las tácticas. Siempre he admirado eso en ti.

Sin embargo, lo que Peter deseaba en realidad era conseguir que los sentimientos de Erin

volvieran a ser los mismos que antes. No era suficiente con tener un hijo juntos, también la necesitaba a ella.

Con el clavel blanco en el ojal, ya estaba preparado para casarse. Se preguntó qué estaría sintiendo y pensando la novia. Ella se encontraba
en un ala distinta de la mansión familiar, donde
se alojaba desde que abandonó su casa de Byron
Bay y se trasladó a Sidney. Charlotte la acompañaba en aquellos momentos, ayudándola con los
preparativos.

¿Estaría Erin pensando en los pocos invitados
que acudían de su parte? Aquella boda era un
evento de Peter. Sin embargo, él debía encargar-
se de que todo fuera perfecto para ella, ya que
sus padres no se habían preocupado por nada.
Para su madre, ella sólo significaba un recuerdo
negativo de su primer matrimonio.

Erin se había apartado de su familia durante
mucho tiempo. Al menos, ahora tenía a su familia política. Y a Jack. El amor que sentía por su
hijo era algo bello y digno de presenciar. Su matrimonio funcionaría y Peter haría eso posible.

—Has vuelto a poner esa cara de preocupación, Peter —le advirtió Damian.

Se obligó a relajarse.

—Sólo estaba pensando que quizá habría sido
más conveniente casarnos por el juzgado, tal y
como sugirió Erin, en lugar de toda esta parafernalia.

—No —respondió decidido su cuñado—. Según mi

esposa, todas las mujeres desean tener una boda para recordar, y tu futura mujer no es ninguna excepción. Es hora de salir. Mucho ánimo, amigo.

–Gracias por tu apoyo, Damian.

–Es un placer.

–¡Ten! –Charlotte le tendió el ramo de novia y se apartó un poco para apreciar el efecto final–. ¡Perfecta! A tus fans les encantarán las fotos. Pareces una auténtica princesa de cuento de hadas.

Erin miró su imagen en el espejo, pensando que tenía justamente el aspecto que siempre había soñado.

En ese momento, se alegró de que Peter hubiera insistido en celebrar una ceremonia por todo lo alto. Su familia la había acogido como si fuera una más de ellos. Las Navidades habían sido maravillosas, especialmente con Charlotte, Damian y sus dos pequeños. No se había sentido una extraña en absoluto.

Incluso Lloyd Ramsey, que parecía tan serio, había resultado ser una persona encantadora. Y quería mucho a Jack.

–Este niño es un Ramsey –solía decir.

Aquellos dos meses habían sido una dura etapa de aprendizaje para Erin. Estaba equivocada sobre la curiosidad de la madre de Peter por conocerla. Admiraba su trabajo, conocía cada uno de los libros que había escrito.

Nadie esperaba que dejara de escribir y se dedicara a ser simplemente la esposa de Peter. Y menos él mismo, quien estaba decidido a aumentar su fama pública con la película de *Los míticos caballos de Mirrima*.

–¿Te gusta? –le preguntó Charlotte con una sonrisa en los labios.

Erin le devolvió la sonrisa:

–Me encanta. Y tú también estás espectacular.

Charlotte llevaba un vestido que resaltaba el color dorado de sus ojos y su cabello. Erin pensaba que Charlotte y Damian eran la pareja ideal. Se amaban y lo reflejaban continuamente. Deseaba ardientemente que su matrimonio funcionara igual de bien, que Peter y ella vivieran juntos y felices toda la vida.

–¿Pasa algo? –quiso saber Charlotte.

Erin volvió a la realidad:

–No, nada.

–Parecías ausente –comentó preocupada.

–Me pasa a menudo –respondió rápidamente Erin, queriendo disculparse.

–¿Estás segura de querer casarte con Peter?

–Sí, de verdad. Peter es un buen hombre y nunca me he sentido mejor –dijo con sinceridad.

Charlotte la miró pensativamente.

–¿Sabes qué? Cuando me casé con Damian, no lo amaba. Digamos que me rescató de una desagradable situación y aproveché la oportunidad que me brindó para convertir una humillación en un triunfo.

–Hacéis muy buena pareja.

–Sí –contestó con una mueca pícara–. Y además es el hombre más sexy del mundo para mí. Seguro que, cuando concebisteis a Jack, la pasión os embargaba a Peter y a ti.

–Así fue.

–Bueno, no sé qué pasaría después entre vosotros, pero si la chispa estaba ahí desde el principio, seguirá estando y ayudará a uniros. Recuérdalo, Erin. Hay que amar a Peter por lo que es, no por lo que tiene.

–Lo sé –contestó Erin sonriendo–. Gracias, Charlotte.

Erin sabía lo mucho que estaba dándole Peter. Ella únicamente le estaba proporcionando el acceso a su hijo. Aunque había cedido el control de su propia vida, su independencia, y sabía que Peter le daba todo como agradecimiento a que hubiera accedido a casarse con él.

Le quería por todo eso, pero no estaba segura de si el sentimiento era mutuo.

Él no había intentado volver a encender la chispa; ni una mirada, ni un beso... ni siquiera un intento por restablecer la intimidad entre ambos. A Erin le preocupaba que Peter siguiera enfadado con ella. Le inquietaba pensar en qué pasaría después de la boda, cuando sería su esposa además de la madre de su hijo.

–Es hora de salir, Erin –dijo Charlotte–. ¿Preparada?

–Sí, estoy preparada.

Estaba lista para sellar la promesa que había hecho, para bien o para mal. Desde el día del nacimiento de su hijo, Peter la había estado preparando para aquel día. No había vuelta atrás.

Cuando bajó las escaleras y vio a su padre esperándola, pensó con determinación que aquel matrimonio debía funcionar.

El corazón de Peter dio un vuelco cuando vio a Erin avanzando hacia el altar. Era una verdadera princesa... su princesa. La mujer a la que amaba.

Sin embargo, ella no sonreía. En lugar de ello, le miraba fijamente mientras caminaba hacia él, con una determinación en sus ojos que le hizo dudar de si había hecho lo correcto al empujarla hacia aquel matrimonio. Era demasiado tarde para plantearse aquello. Y tampoco lo deseaba.

Una oleada de deseo posesivo le invadió... Erin, Jack, ambos le pertenecían y así se lo demostraría.

Aun así, la duda no se disipaba. Y no lo hizo durante la ceremonia ni a lo largo de la celebración que tuvo lugar a continuación. Por fuera, su aspecto era de felicidad, al igual que el de Erin. Ambos cumplieron su papel de pareja feliz ante sus invitados.

Sin embargo, Peter notaba que su tensión era compartida por Erin. Para su alivio, el gran día llegó a su fin. Erin debía acudir con su hijo para alimentarle y Jack quiso acompañarla.

–No tienes que venir si no quieres, quédate con tus amigos –le instó ella.

–Quiero irme contigo.

A Peter no le importaba si Erin prefería estar sola un rato. Era su esposa y deseaba estar con ella.

Cuando caminaban por el jardín, Erin suspiró:

–Gracias por la boda, Peter. Ha sido preciosa.

–Deseaba que fuera como un cuento de hadas para ti, como aquel día en el parque.

Ella se detuvo; Peter advirtió el temor en su mirada mientras le decía vulnerable:

–Desearía que el tiempo retrocediera a aquel día, Peter. Siento tanto no haberte dicho toda la verdad desde el principio. Lo estropeé todo.

Un atisbo de esperanza apareció de repente para Peter:

–Yo pensaba que sólo querías flirtear conmigo. Por eso me comporté así cuando me enteré de todo.

–En realidad, así era. Nunca pensé que, dado lo diferentes que eran nuestras vidas, pudiéramos funcionar como pareja y tener un futuro. Pero deseaba tanto resultarte atractiva...

–¿Y qué piensas ahora, Erin? –preguntó sin poder evitarlo–. ¿Crees que tenemos un futuro por delante?

–Te has portado de una forma tan distinta a como yo esperaba...

–¿Para bien?

—¡Oh, sí, claro! —contestó ella con fervor.

—Quiero que nuestro matrimonio funcione, Erin.

—Yo también.

—Entonces, lo conseguiremos.

Si no fuera porque Jack estaría llorando de hambre esperando a su madre, Peter la habría abrazado con pasión. En lugar de eso, la apretó contra sí y siguieron caminando hacia la casa.

Cuando llegaron, Erin se quitó el veló y se desabrochó la parte delantera del vestido de novia. La niñera le entregó al bebé quien, automáticamente, comenzó a mamar con fruición. Peter deseó tener un vínculo tan íntimo con ella. La niñera salió de la habitación y se quedaron los tres solos. Hasta ese momento, él nunca había estado presente mientras le alimentaba, pensando que quizá Erin prefería intimidad.

—¿Siempre tiene tanta hambre?

—Sí —contestó Erin, dirigiéndole una mirada de desesperación.

—¿Te molesta que esté aquí?

—No —respondió con vehemencia.

—Dime qué estás pensando.

Erin alzó lentamente la vista hacia él. Respiró profundamente como para reunir el coraje suficiente para decir:

—Dime que aún me deseas, Peter. Pero no porque soy la madre de Jack, sino por mí, por quien soy.

A él le sorprendió que le planteara esa duda. Le sonrió:

–Una vez me preguntaste si era celoso. Te dije que no, pero ahora siento celos de mi propio hijo, ya que me gustaría tener el mismo vínculo contigo.

Ella se sonrojó, pero a él no le importó porque le estaba diciendo la verdad.

–Incluso después de que te fueras de mi lado, no pude dejar de desearte, Erin. Mi madre me contó que tus libros eran maravillosos y decidí leerlos todos. Estoy completamente de acuerdo con ella y esto me hizo quererte más. Tomé la decisión de participar en la película con la esperanza de acercarme una vez más a ti.

La mirada de Erin se había relajado y le observaba expectante.

–Entonces, me enteré de tu embarazo. Y tú me habías apartado de aquella experiencia, incluso sabiendo que tenía derecho a saberlo. Prefiero no explicarte lo que sentí en ese momento. Sé que utilicé a Jack para conseguir que te casaras conmigo sin importarme si tú estabas de acuerdo o no. Estaba decidido a teneros a los dos y lo habría hecho a costa de lo que fuera.

–Me alegro de que lo hayas hecho –le interrumpió ella.

–¿Te alegras de que haya irrumpido en tu vida y la haya alterado por completo?

–Sí, no quería estar sola. Simplemente, no sabía cómo arreglar las cosas entre nosotros. Lo había estropeado todo. Durante estos dos meses, todo lo que has hecho... siento tanto haberte tratado de esta manera, Peter. Tú y tu familia sois maravillosos y me alegro de ser una de vosotros. Eres mi príncipe.

Peter se sintió aliviado.

—¿Recuerdas aquella noche en el balcón de mi apartamento?

—Lo recuerdo muy bien.

—Aún no he podido librarme de tu hechizo. Te deseo tanto que apenas puedo esperar a que nuestro hijo acabe de comer. Quiero abrazarte, tocarte, besarte, hacerte el amor, pero también deseo que tú me respondas de la misma manera.

Ella le miró, como si también estuviera dominada por el mismo embrujo. Separó los labios y una chispa se encendió en sus ojos.

—Llama a la niñera. El niño ya ha comido suficiente.

Peter hizo lo que le pedía y, comprobando que el niño quedaba bien atendido, ambos salieron de la habitación.

Cuando llegaron al dormitorio, un volcán de pasión estalló entre ambos.

Peter cerró la puerta tras de sí y los cuerpos de ambos se unieron en un abrazo de pasión. Un ardiente beso inició una avalancha de deseo.

—Llevas demasiada ropa puesta, Peter —dijo

ella con picardía–. Si me ayudas a quitarme el vestido, yo haré lo mismo contigo.

Él rió divertido; le bajó la cremallera y el vestido cayó al suelo rozando sus caderas. Ella estaba increíblemente sexy con aquella ropa interior bordada. Por un momento, Peter se regocijó en su figura, la voluptuosa curvas de su espalda, la exuberante redondez de su trasero, sus largas y definidas piernas. Cada uno de los músculos de su cuerpo estaba en tensión, preparado para la acción; no podía esperar a que ella le desnudara.

Se despojó de la chaqueta y comenzó a quitarse nerviosamente la corbata. Ella se acercó y le fue desabrochando la camisa con rápidos y hábiles dedos, así como el pantalón. La urgencia de su deseo hacía que ninguno de los dos se parara a pensar en delicadezas. Ambos se deseaban ardientemente y no podían frenarlo.

Él la tendió en la cama y ella le rodeó el cuerpo con las piernas, invitándole a sentir un placer sin límites. Y él la poseyó.

–Sí... –gritó ella desvelando un sinfín de sensaciones que sólo sirvieron para que Peter le diera más y más.

En ese momento, eran uno solo, llevando la excitación a un punto glorioso. Él sintió los espasmos y el clímax de placer de Erin, hundiéndose en ella y percibiendo cómo se fundía en torno a su cuerpo.

Ella le acarició la espalda y llegó al trasero, que apretó con fuerza:

–Vamos, Peter, ahora quiero sentir cómo te derramas en mí.

Y él lo hizo; el éxtasis fue increíble.

Él la besó; sus labios eran dulces y suaves. Ella le acarició el pelo con ternura y ambos permanecieron unidos en la intimidad de aquel momento. El tiempo no importaba. Él se sentía feliz simplemente por tenerla a su lado y saber que también ella lo era.

–Supongo que deberíamos volver a la fiesta –dijo ella con un suspiro.

Por una parte, Peter deseaba permanecer allí con su amada, pero, por otro lado, tenían toda la vida por delante para estar juntos, por lo que decidió volver con sus invitados y compartir con ellos toda su felicidad.

–Sí, volvamos –respondió–. Quiero que bailes conmigo.

–Me encantaría... nuestro baile de novios.

Y se dispusieron a regresar a la fiesta y comenzar una vida de armonía.

La fotografía que apareció al día siguiente en la prensa fue la del baile. Ambos se miraban fijamente a los ojos y sonreían. Nadie que viera aquella imagen dudaría por un momento que la pareja era completamente feliz.

Capítulo 13

Los Ángeles, catorce meses después...

Cientos de fans se agolpaban a los lados de la limusina que avanzaba lentamente junto con otras hacia la ceremonia de los Premios de la Academia del Cine. Erin recordó todo el revuelo y la acogida que tuvo el estreno de la película *Los míticos caballos de Mirrima*, cuatro meses antes.

Le sorprendía la cantidad de gente que esperaba horas y horas para ver a sus estrellas favoritas sólo de pasada. Había muchos niños que habían arrastrado a sus padres para poder ver a la autora de sus cuentos preferidos. Antes de casarse con Peter, odiaba ser el centro de atención, pero siguiendo sus consejos, había aprendido a no sentirse incómoda en aquella situación.

«Simplemente, sé tú misma. Aunque veas a gente a tu alrededor, admirándote y agasajándote, nada de eso debe influirte. Piensa que les estás alegrando el día, como un arco iris. No tiene por qué ser una sensación negativa».

Incluso había concedido algunas entrevistas para promocionar la película, desenvolviéndose con soltura al seguir su sugerencia de decir sólo lo que deseara y esquivar las preguntas destinadas a descubrir aspectos de su vida privada.

«Si la conversación se desvía a temas de los que no te interesa hablar, toma el control y óbvialos».

Peter sabía qué había que hacer en aquellas situaciones. Había aprendido muchísimas cosas de él sobre cómo manejarse en momentos que algún tiempo atrás habrían hecho que se escondiera en su caparazón. El hecho de tenerle a su lado había cambiado las cosas en gran medida. No estaba sola. Y él era extremadamente protector.

Erin recordó la conversación que habían mantenido cuando él le preguntó por qué había decidido llevar una vida tan recluida. Él había comentado irónicamente:

–Los millonarios también somos monos de feria, Erin. La diferencia entre nosotros es que yo he aprendido a vivir con ello y no dejo que me afecte.

Ella le había criticado:

–Es que no me gusta, Peter. Me siento como un trofeo, como si la gente que me admira deseara que compartiera con ellos el secreto de mi éxito, como si fuera algo que se puede dividir en piezas e investigar su funcionamiento.

–Pero tú quieres controlarlo –replicó él con seriedad–. Huir es lo peor que puedes hacer.

Ella no compartía aquella opinión. La hacía sentir una cobarde cuando lo que intentaba hacer era evitar sentirse víctima de los intereses de otras personas.

Sin embargo, él no la consideraba cobarde:

– Reconozco que yo he nacido en este ambiente y mis padres me han enseñado a sobrellevarlo, aconsejándome que lo deje pasar y no permita que destruya mi verdadero yo. La fama no me llegó de la misma manera que a ti. Pero, si me dejas ayudarte, te diré cómo superar todo lo que temes.

Su príncipe... La rescataba de su torre de marfil.

Se volvió hacia él, apreciando lo que le amaba.

Él le devolvió la sonrisa y, señalando a la ventana de la limusina, le dijo:

–¿Te sientes bien con toda esa multitud ahí fuera? ¿Estás nerviosa?

–Es una gran oportunidad. No me importa compartirlo con ellos –contestó mientras le apretaba la mano–. Además, siempre me encuentro bien cuando estás a mi lado.

–Definitivamente, estamos hechos el uno para el otro, cariño. Vas a dejarlos boquiabiertos cuando salgas del coche y avances por la alfombra roja.

Ella se echó a reír, plenamente consciente de que esa vez era su muñeca. Él había insistido en que le diseñaran y confeccionaran un vestido ex-

clusivamente para ella, un precioso traje verde
de satén, complementado con unos fabulosos
pendientes y collar de esmeraldas.

–Gracias –dijo ella–, has hecho que me sienta
como una estrella.

–Eres una estrella, Erin. Siempre lo serás para
mí.

Ella le creyó. Todo lo que él hacía para que se
sintiera especial, amada y mimada como siempre lo había deseado.

La limusina se detuvo y la puerta del lado de
Peter se abrió.

–¡Llegó la hora del espectáculo! –le dijo con
un guiño, y se apeó del vehículo preparado para
ofrecerle su brazo cuando ella saliera.

Había un sinfín de cámaras, fotógrafos intentando captar desesperadamente su atención, en-
trevistadores tratando de hacerles preguntas.
Erin lucía una gran sonrisa.

Fueron conducidos al teatro para ocupar sus
asientos junto a Zack Freeman y su encantadora
esposa, Catherine. Habían entablado una amistad durante la filmación de la película y Erin estaba encantada de poder compartir con ellos la
emoción de estar allí.

La gente, los vestidos, los divertidos comenta-
rios del maestro de ceremonias, los discursos de
agradecimiento de los ganadores de los premios...
Erin disfrutó de todo ello, aunque no pudo evitar
estremecerse cuando leyeron los nominados para
el galardón a la mejor película de animación.

Se mostraron escenas de cada una de las películas y su corazón se hinchó de orgullo al ver la suya, el rey guerrero de Mirrima, convocando a sus caballos alados para acudir al rescate de unos hombres apresados por el malvado enemigo en lo alto de una montaña. Los caballos eran espectaculares, con las maravillosas alas desplegadas al dirigirse hacia la cima. Era una bonita película y seguiría siéndolo aunque no resultara premiada.

–Y el ganador es...

Erin contuvo el aliento.

–*Los míticos caballos de Mirrima*. Director creativo, Zack Freeman, productor, Peter Ramsey, autora y guionista, Erin Lavelle.

Los tres saltaron de sus butacas emocionados, hubo abrazos, besos,... Erin agradeció ir cobijada entre los dos hombres cuando se dirigían al escenario. Le temblaban las piernas. Zack, que ya había recibido otros premios, recibió el galardón y pronunció un emotivo discurso de agradecimiento y reconoció que, sin una buena historia, no se podría haber hecho una buena película como aquélla.

Alguien del público comenzó a gritar:

–¡Que hable la autora!

Todo el mundo se sumó a la petición y el presentador de la ceremonia le pidió que se adelantara, ofreciéndole el micrófono. Erin estaba paralizada.

–Vamos –animó Peter.

–No he preparado nada –dijo ella, temblorosa ante la idea de tener que hablar ante millones de espectadores.

–Habla con el corazón, no te equivocarás –le aseguró Peter, dándole un pequeño empujón.

Sus pies avanzaron sin ella darse cuenta hacia el estrado y consiguió asir el micrófono.

–Gracias, muchas gracias –comenzó mientras intentaba pensar en las palabras adecuadas–. Para un escritor, es algo maravilloso ver cómo su historia se hace realidad con tanto color y movimiento y por ello siempre estaré agradecida a Zack Freeman por su maestría creativa. Pero, sobre todo, me gustaría dar las gracias a mi marido, Peter Ramsey, que fue el motor que hizo que todo se convirtiera en algo real. Nunca se lo he dicho, pero cuando estaba escribiendo *Los míticos caballos de Mirrima*, él siempre estaba presente y basé el personaje del rey guerrero en él. Amo esta película... –se volvió y sonrió a Peter– y amo a este hombre más de lo que puedo expresar. Él es el rey de mi corazón y siempre lo será.

El aplauso que siguió a su discurso fue ensordecedor. Devolvió el micrófono al presentador y bajó del escenario con Peter junto a ella.

–Y tú eres mi reina –le susurró al oído.

Ella suspiró de felicidad.

«Para siempre jamás», pensó.

Siempre sería feliz al lado de Peter.

Bianca™

**Estaba embarazada de un hombre
que no era como ella había creído...**

Charlotte Chandler se entregó en cuerpo y alma a su guapo amante, pero sus sueños se hicieron pedazos cuando descubrió la verdad... el italiano que la había seducido era el despiadado magnate Riccardo di Napoli. Para entonces, el daño ya estaba hecho...

Riccardo no había podido perdonar a aquella inglesita y no comprendía por qué desconfiaba de él. Charlotte sabía que, en cuanto se enterara de que estaba embarazada, nada detendría a Riccardo hasta hacerse con su hijo... y con ella como esposa.

Destinados a amar

Cathy Williams

Acepte 2 de nuestras mejores novelas de amor GRATIS

¡Y reciba un regalo sorpresa!

Oferta especial de tiempo limitado

Rellene el cupón y envíelo a
Harlequin Reader Service®
3010 Walden Ave.
P.O. Box 1867
Buffalo, N.Y. 14240-1867

¡Sí! Por favor, envíenme 2 novelas de amor de Harlequin (1 Bianca® y 1 Deseo®) gratis, más el regalo sorpresa. Luego remítanme 4 novelas nuevas todos los meses, las cuales recibiré mucho antes de que aparezcan en librerías, y factúrenme al bajo precio de $3,24 cada una, más $0,25 por envío e impuesto de ventas, si corresponde*. Este es el precio total, y es un ahorro de casi el 20% sobre el precio de portada. !Una oferta excelente! Entiendo que el hecho de aceptar estos libros y el regalo no me obliga en forma alguna a la compra de libros adicionales. Y también que puedo devolver cualquier envío y cancelar en cualquier momento. Aún si decido no comprar ningún otro libro de Harlequin, los 2 libros gratis y el regalo sorpresa son míos para siempre.

416 LBN DU7N

Nombre y apellido	(Por favor, letra de molde)

Dirección	Apartamento No.

Ciudad	Estado	Zona postal

Esta oferta se limita a un pedido por hogar y no está disponible para los subscriptores actuales de Deseo® y Bianca®.
*Los términos y precios quedan sujetos a cambios sin aviso previo.
Impuestos de ventas aplican en N.Y.

SPN-03   ©2003 Harlequin Enterprises Limited

Jazmín ™

Pasión y trabajo
Nicola Marsh

**Iba a ser la madre...
del hijo de su jefe**

Kristen Lewis estaba en lo más alto de su profesión. Era una mujer centrada y sensata, por eso era tan impropio de ella haber tomado la decisión de pasar una noche perfecta con el sexy Nate. Después siguió adelante con su vida... hasta que descubrió dos cosas sorprendentes: estaba embarazada... y el bebé era de su jefe.

Nathan Boyd, uno de los empresarios más importantes de Australia, se concentraba en el trabajo para olvidar sus problemas personales. Pero ahora se encontraba ante un dilema: la primera mujer que lo atraía desde hacía mucho tiempo era su empleada.

Deseo™

Matrimonio a ciegas

Peggy Moreland

Mack McGruder había acudido para deshacerse de otra de las amantes de su hermano que afirmaban estar embarazadas de un hijo suyo, pero resultó que era cierto que el bebé de Addy era de su hermano… ¡y estaba de parto!

Mack no podía abandonarla después de haber estado a su lado durante el parto, así que le ofreció un apellido para su bebé y un casto matrimonio, a pesar de lo mucho que la deseaba.

Viviendo bajo el mismo techo, la tentación no tardó en hacerse insoportable…

Le ofreció a aquella mujer un matrimonio de conveniencia, pero en realidad quería algo más…